U0019687

からくり探偵団｜茶運び人形の秘密

機關偵探團

1 送茶人偶之謎

作者・藤江純　　繪者・三木謙次　　譯者・吳怡文

目錄

登場人物

真坂拓海

住在淺草的小學五年級學生，手腳笨拙，但頭腦敏銳。

水野風香

因為媽媽再婚而搬到小鎮的女孩。

島田草介

拓海的童年好友，家裡開天丼店，有雙靈巧的雙手。

八重奶奶

獨居的老奶奶，因跑進家中的貓，而認識拓海等人。

阿九

被大家追趕的逃跑小貓。

北本真砂女

占卜師，八重奶奶的好朋友。

羽根岡

疑似保險業務員，很關心八重奶奶，為人親切又神祕。

麻由野太敷

拓海等人所住小鎮的區議會議員

若月

總是和麻由野一起行動，是土地開發公司的員工。

第一章

被貓叼著的「手」

炎熱的空中花園裡，鴉雀無聲，半個人影也沒有。

現在是八月中旬，真坂拓海和島田草介坐在「花屋敷」屋頂陰涼處的長椅上，窸窸窣窣的交談著，據說花屋敷是日本歷史最悠久的遊樂園。

「如果把這裡當作轉軸來轉動，蝴蝶的翅膀就會……」

草介說話的同時，將手上的紙製蝴蝶，輕輕放在一個長、寬、高各約十五公分，由白色厚紙板做成的方形紙箱上面。

「嗯……這裡嗎？」拓海依照草介說的，用食指不停轉動轉軸，結果，白色蝴蝶真的隨著轉軸的轉動，不斷拍打翅膀……

暑假已接近尾聲，但拓海還沒開始動手做他的美勞作業，沒辦法，拓海從小就笨手笨腳，連紙鶴都摺不好，每次要做美勞或比較細緻的操作時，就會不自覺變得很煩躁。

拓海和草介是從幼稚園就認識的朋友，一開始，因為連身高都差不多，簡直就像雙胞胎一樣，但不知何時，草介不斷長高，現在已經比拓海高了十公分。

和笨手笨腳的拓海不同，草介的雙手非常靈巧，雖然體格好得讓人誤以為是國中生，卻可以用粗壯的手指，快速的把針對大人設計的精緻塑膠模型組裝得非常漂亮。

事實上，一直到現在，也就是到小學五年級為止，拓海的暑假美勞作業全是草介幫忙操刀的。

「拓海，我有話想跟你說。」說著，草介下定決心般抬起頭。

「嗯？什麼？」

「暑假的美勞作業，我總是將你的那一份也做完，雖然我不在意，但這樣並不好，明年我還是會幫忙，不過，你要交出自己做的東西。」

當然，拓海也知道這是不該有的作弊行為，小學三年級以前，他還可以很理所當然的把草介做的美勞作品，自信滿滿的交給老師。但是去年，當老師稱讚自己的美勞作品時，拓海覺得非常不好意思，到了今年，那股內疚的心情變得更加強烈……

「嗯，說得也是，明年我自己做吧！」拓海用力點了點頭。

「太好了，老王賣瓜雖然有點不好意思，但我想我應該做得還不錯吧？」草介笑著點頭回應。

就像草介說的，今年的美勞作業不僅做得非常精巧，最重要的是，外觀看起來也十分細緻，拓海驚喜的拍了一下草介的背。

「草介，你好厲害！竟然可以想出這樣的機關，真的太感謝你了！」

草介似乎有些不好意思，他滿臉通紅的聳了個肩。

「不，轉動的原理不是我想出來的，我只是照著書上寫的來做而已。」說著，草介打開箱子的側面，讓拓海看箱子內部。

箱子內部由白紙做的棒子和像齒輪一樣的東西組合而成，當拓海轉動旁邊的轉軸時，裡頭的棒子就會隨著轉軸的動作，像活塞一樣上下移動，讓蝴蝶拍動它的翅膀。

「哇！所以這裡的動作能夠帶動這邊，讓它可以順利轉動，對吧？」拓海發出驚嘆。

大感佩服的拓海，目不轉睛看著箱子的巧妙設計，這時候，草介突然嘆了口氣。

「還是拓海比較厲害，我為了了解這個原理，拚命的看書、嘗試，好不容易才搞懂，但你光是用看的就懂了，為什麼？」

的確，不知為何，拓海馬上就能了解這個設計的原理，但他自己也不知道為什麼……

「我請你坐雲霄飛車當作謝禮，坐到你高興為止，走吧！」

「等一下……」

草介快速的把美勞作業收進拓海的背包，一邊用下巴指了指欄杆旁的望遠鏡。

對了，他們之前約好，拓海要幫草介支付庭園內的望遠鏡費用，當作美勞作業的回禮。雖然那望遠鏡已經非常老舊，但只要投入銅板，聳立在遠方的東京晴空塔[1]，就會宛如觸手可及般的出現在眼前。

這個遊樂園的入場費和一票到底的搭乘券都是免費的，拓海的爸爸是個藝人……或者應該說，就是在三年前稍微有點人氣。

1. 位於東京的電波塔，其高度為六百三十四公尺。目前為世界第二高塔，亦發展為著名的觀光地標。

剛剛爆紅時，還曾經上過電視和廣告，但是，現在大部分的時間都沒有工作邀約，只是偶爾擔任遊樂園活動的主持人，不過因為這個關係，拓海拿到了好幾張搭乘券。

所以，美勞作業的謝禮中，拓海實際需要支付的，就只有望遠鏡的費用，即便如此，如果把這件事忘了，就太不應該了。

拓海將銅板投入快生鏽的望遠鏡中，讓草介先享用了一分鐘的望遠鏡，接著，拓海再次投入銅板，換自己將眼睛貼在鏡片上觀賞風景。

透過望遠鏡看到的，是在東京屈指可數的知名觀光景點，供奉著知名觀音像的寺廟院內，一如往常的擠滿了觀光客，把望遠鏡稍微轉向右邊，高高聳立的東京晴空塔就近在眼前。

眺望著熟悉的小鎮風光時，拓海突然看到一個特別的東西。

那是一棟約四層樓建築的窗戶，一個身軀從窗戶探了出來，綁著辮子的女孩朝著隔壁屋子的屋頂伸出手……

那女孩究竟在做什麼？

正當想看得清楚一點時，望遠鏡發出「咔沙」的聲音，他眼前瞬間一片漆黑，望遠鏡的時間到了，拓海急忙再次投入硬幣。

「怎麼了？」草介驚訝的問。

「在那邊的大樓，有個女孩快掉下來了！」拓海對著草介大叫，眼睛依然盯著望遠鏡。

草介拉開拓海的肩膀，換成自己來看望遠鏡。

「啊，真的！」

「從草介家轉個彎就到了，那是最近才蓋好的粉紅色大樓。」

雖然不知道女孩在做什麼，但那樣子，說不定會掉下去。

「我們去看看！」

兩人看著彼此，互相點了個頭後，就飛快跑了起來。

「就是這裡！」

拓海他們終於來到剛剛看到的大樓，這個時候，突然有個東西從綠色的樹籬間「咻」的跳了出來！

是貓！

接著，樹籬中發出「咔沙咔沙」的聲音，一個女孩爬了出來，女孩身上穿了件帶有現代風格的檸檬綠上衣，搭配牛仔短褲，編成辮子的頭髮上卡了幾片樹葉。

「你還好嗎……」

拓海開口的同時，女孩用慌張的聲音叫喊著：「拜託你！抓住那隻貓！」

順著女孩手指的方向看去，剛剛那隻貓彎著尾巴，在小巷中慢慢的向左轉，那是一隻黑白色的小貓。

回頭一看，女孩已經丟下拓海兩人，宛如跟蹤犯人的刑警般，悄悄追著小貓，她一定是剛剛透過望遠鏡看到的那個女孩，她似乎沒有從窗戶掉下來。從外表推測，應該和自己差不多年紀，不過拓海他們並沒看過她，可能是剛剛才搬到這棟新大樓吧？

雖然連她叫什麼名字都不知道，但既然對方開口請求幫忙，身為這裡原先的孩子，這時也只能出手相助了！

「好！」拓海和草介點點頭，開始追著小貓和女孩。

穿過鯛魚燒店、文字燒店、土產店等各色店家緊密相連的小巷，在眾多小型辦公大樓雜亂林立的區域跟蹤了約五分鐘後，小貓在三樓高的舊大樓前停下腳步，牠立著前腳坐了下來。

「趁現在！」拓海放低身子，悄悄接近小貓。

「輕輕的……」、「不要呼吸！」女孩和草介分別提醒著。

「交給我！好孩子，你要乖乖的……」

但是，拓海不僅沒有停止呼吸，甚至比平常呼得更大聲，小貓馬上注意到發出異樣氣息的拓海，牠張大了眼睛，動也不動的站著。

那是一隻在白毛中有著黑色圖案的可愛小貓，仔細一看，牠嘴上叼著魚板大小的白色物體，物體的一頭有著五根像手指一樣的突起！

沒錯，看起來就像是人類的手！

「咦？那是手嗎？」正當拓海睜大了眼睛，嚇得身體後仰時，大樓入口的拉門「喀啦喀啦」的打開了一點門縫，結果小貓就這麼一溜煙的跑了進去。

當三人慌慌張張打算快步追上時，門已經完全關上了。木框內嵌著玻璃的拉門上，有著「江戶指物師·高田半次郎」的金色字樣。但是，因為玻璃是霧面的，所以完全看不到屋裡。

「『指物師』是什麼？」拓海指著門上的字，打了個哆嗦。

「那隻貓叼著人類的手吧？」站在拓海旁邊的草介臉色發白的嘟囔著。

剛才那隻白色的手非常小，應該是幼兒園孩子的手吧？雖然覺得不太可能，卻又不禁猜想『指物師』該不會是利用貓咪來蒐集小孩手指的神祕人物？

拓海和草介互相交換了眼神，大口嚥下口水。

女孩沒有理會兩人，逕自朝著玻璃窗大聲喊著：「你好，有人在家嗎？」

餘音尚未完全消失，拉門便突然「喀啦喀啦」的打開了。

這時，從裡頭走出來一位……

第二章

小機關箱

拉門打開後，走出來的是一位個頭嬌小的奶奶。奶奶身著黑色洋裝，外頭套了件白色蕾絲線衫，及肩的銀髮用髮夾全部夾到腦後，感覺是個優雅、溫柔的奶奶。

奶奶塗了淡紅色口紅的嘴巴泛起一抹微笑，她開口跟拓海他們打招呼。

「歡迎歡迎，怎麼這麼晚才來，我都等得不耐煩了，來吧！快進來！」

奶奶沒有給拓海他們說話的機會，只是一個勁兒的招呼他們進到屋內。

「等得不耐煩了」這句話，表示奶奶應該正在等候拓海等人，但他們三人是因為追著貓才來到這裡，當然沒有事先聯絡，一定是奶奶搞錯人了。

「不，不是的，我們只是在追……」女孩在胸前揮動雙手，想開口說明，希望能解開誤會。

但奶奶只是帶著滿臉笑意，喃喃說著：「這樣啊！」似乎完全沒有在聽女孩說話，就這樣，在不知不覺中，三人已經排成一排，坐在門邊的會客沙發上。

「我現在先去泡茶。」奶奶丟下這麼一句話，便急忙往房間後方走去。

「貓呢？」拓海突然站起來，在房間裡四處張望，草介也一起巡視桌子底下和架子旁。

這個五坪大的房間看起來像是個辦公室，沙發旁有兩臺灰色的事務機，書桌上整齊擺放著帳冊、電腦和電話等，但仔細一看，上面積了一層薄薄的灰，感覺似乎有段時間沒有用了。書桌後方有個帶有玻璃門的大型木製書架，文件、檔案和書本密密麻麻的排列著，不過，剛剛那隻貓卻完全不見蹤影。

「不在這裡……」再次坐回沙發的拓海看著旁邊的女孩說：

「這是怎麼回事？」

「什麼意思？」女孩歪著頭，張著大大的眼睛看著小拓。

猛然一看，才發現這女孩長得挺可愛的……

拓海突然心跳加快，他閉起嘴巴，把臉撇開。

一旁的草介嘟著嘴，接二連三的說：「那隻手是怎麼回事？為什麼那隻貓會叼著人類的手？」

「啊！難怪你們會覺得疑惑，真是抱歉，我完全沒有解釋。」

女孩先是垂下長長的睫毛向他們道歉，之後便以活潑的語調開始說明。

「我叫水野風香，我媽媽前一陣子再婚，所以我在上個禮拜才搬到這個小鎮。」

草介點著頭說：「就是剛剛那棟粉紅色大樓吧？」

拓海的心裡依舊是小鹿亂撞，完全說不出話來。

「對，搬好家後，我正在整理，因為行李倒下來了，人偶從箱子裡滾出來。那個人偶是我爸爸的遺物，我說的是親生爸爸，三年前他生病去世了……請你們不要擺出奇怪的表情，也不用覺得我可憐。我爸爸去世時，我非常孤單，即使是現在，有時還是會覺得很難過，不過，媽媽再婚的對象是個溫柔、有趣的人，原本是獨生女的我，現在也多了兩個正在唸高中、長得很帥氣的哥哥，而且，這個小鎮很熱鬧，好像很好玩！」

雖然這段話的內容有點悲傷，但風香毫不在意，她用開朗的語調快速說著，所以，不管是拓海還是草介，都只能點頭回應。

「總之，那時人偶的右手突然掉了下來，剛好有一隻貓很快的從窗子跑了進來，牠叼起人偶的手跑到隔壁家的屋頂……聽我這樣說，你們應該很難相信吧？」

也不是不相信，畢竟拓海與草介剛剛就已經透過望遠鏡，親眼看到事發後的現場。

「所以，剛剛小貓叼的不是人類的手，而是水野爸爸所遺留下人偶的手，對吧？」心情終於恢復平靜的拓海，如釋重負的插嘴說道。

幸好如此，如果小貓真的叼著人類小孩的手，就太令人毛骨悚然了！

「沒錯，嗯……我還不習慣用水野這個姓，叫我風香就好，風箏的風，香水的香。」風香揮著她那白皙的手說。

水野是新爸爸的姓，應該需要一點時間才能習慣，只是，要對著第一次見面的女孩直接叫她的名字，實在有點害羞。

拓海心裡有點不自在，但草介卻很自然的說：「風香是嗎？你叫風香呀！這名字很好聽呢！我叫島田草介，是天井老店那家的兒子。這個在發愣的人是真坂拓海，這小子他家是已經過氣的柑仔店，你直接叫我們的名字就可以了。」

「喂，說什麼發愣、過氣，你廢話太多了吧！」拓海皺著眉頭說，這時風香開心的笑了起來。

「好棒啊！你們是我在這個地方最先交到的朋友，真的非常謝謝兩位一起幫我追貓。」

「但是，貓好像跑到別的地方了。」拓海帶著歉意說。

「沒關係，我等一下再問那位奶奶，如果是這家的貓，應該會待在牠喜歡的地方。」

「可是，指物師到底是什麼呢？好奇怪啊！」草介彷彿在搜尋什麼似的，在屋子裡四處張望。

「我原本猜那隻貓應該是這家的僕人，負責到處蒐集手指，但是，牠把人偶的手和人類的手搞錯，把東西帶回來了。」

「嗯……我也不知道。」

當大家正覺得納悶時，老奶奶回來了。

「很不巧，今天我先生不在，不過，如果只是簡單的招待，我也可以，沒問題的，請先喝茶吧！」

因為在大熱天裡跑了一大圈，三個人都流了一身汗，一口氣就把奶奶招待的冰麥茶喝個精光。

放下杯子，輕輕坐回沙發的風香首先開口道謝。

「謝謝招待，不好意思，我們是在找一隻黑白色的貓咪……」

「嗯，好。」奶奶用力點頭之後說：「我先帶你們參觀辦公室，請往這邊走。」老奶奶轉身背對拓海他們，朝著後方有拉門的地方走去。

「她可能耳朵不好。」草介偷偷的小聲對拓海說。

老人家的年齡確實不容易分辨，七十、八十、九十？總之就是一個年紀很大的奶奶，她可能連風香的聲音都聽不到，拓海等人無可奈何的跟著老奶奶，進入拉門後的房間。

那是一間鋪著木板、約五坪大的房間，首先映入眼簾的是掛在牆上的大量木工工具，各種大小的鑿子、刨子和鋸子，擺放得非常整齊，房間裡四處都擺了木板和碎木片，飄散著一股木頭的香氣。房間後方有一個架子，上面排列著被打磨得閃閃發亮的木工作品，像是各種形狀的小箱子、信箱，以及帶有抽屜的櫃子，約有十多件日式風格的精美工藝品。

拓海深深吸了一口氣，那是種令人懷念的氣味，他的心情非常舒暢，感覺十分平靜。

另外，正中央鋪著涼蓆的地方，有個大型的藏青色座墊，老奶奶輕輕坐在坐墊旁邊，「砰砰」的拍打坐墊。

「這是我先生工作的地方，他在這裡不曉得有幾年了。我先生的工作是『指物』，他從十五歲開始拜師學藝，一轉眼已經超過六十年了。」

「指物？」拓海重複老奶奶的話。

「是的，手指的指，物品的物，我先生是一個專業木工，也就是指物師。」接著，老奶奶指著架上的東西說：「這裡的東西，完全沒有使用任何釘子或黏著劑，他會削木頭，做出凹凸，把它們分毫不差的組合起來，然後用刨子刨得細緻，接著再打磨……雖然是一個非常辛苦的工作，不過，透過這個辛苦的過程，可以做出堅固又美麗的東西。這樣的技術就被稱為『指物』，是從江戶時代，也就是四百年前流傳下來的傳統工藝。」

「好厲害啊！」走近架子的拓海發出讚嘆，他入迷的看著有三層抽屜的漆箱，那是一個比書包大上許多的箱子。

「可以拿在手上看呀！」奶奶帶著滿臉笑容，讓他們把東西拿下來欣賞。

拓海試著拉開抽屜上的黑色鐵製把手，感覺比想像來得容易拉開，而當他慢慢關上抽屜時，不知為何，下面的抽屜「砰」一聲的打開了。

「哎唷，你在做什麼啊！」說著，草介把打開的抽屜關上，但這次卻是中間的抽屜「砰」一聲的跑了出來。

老奶奶笑著說：「因為抽屜和櫃子完全密合，所以才會這樣，有趣不只這個，這個還叫做小機關箱。」

「小機關箱？」

「是啊，除了三個抽屜，還隱藏著如果沒有解開機關，就沒辦法打開的收納空間，這樣的空間一共有三個，你們找得到嗎？」

聽到奶奶這樣說，拓海卯足了勁兒開始把玩小箱子。

其中一個馬上就找到了，右側的板子只要往前推就可以拿下來，那裡有個可以擺放信紙類輕薄物品的空間，但後來，三個人都試著把玩小箱子，卻一直找不到其他的機關。

「很難對吧？另外兩個我也不知道在哪裡。」老奶奶說。

「這什麼呀！」草介嘟起了嘴巴。

「這樣的東西真的好特別，也很有意思。」拓海用手磨了磨鼻子下方。

「如果我先生在，就可以解開這個箱子的機關，也可以讓你們看看製作過程，很不巧，他正好去旅行了，真是抱歉。」

這個帶有抽屜的箱子，外觀看起來毫不起眼，沒想到竟然設計了這樣的機關，真是有趣極了！

老奶奶對著一直在把玩箱子，始終不肯放棄的拓海說：「如果你這麼喜歡，可以把它帶回你家玩。」

「可以嗎？」

「嗯，我先生也不知道什麼時候才回來，你可以盡情研究，之後再還給我就好了。」說著，老奶奶用紫色的包袱巾把小箱子包了起來。

「那邊的房間是作品展示間，有更多完成品，請大家務必參觀一下。」

老奶奶帶著他們參觀的展示間跟學校的教室一樣大，感覺就像家具店一樣，除了類似剛剛那個小箱子的作品，還有大型櫃子、書桌、餐桌、裝飾架和佛壇，每一件都是充滿光澤、觸感細緻的精美工藝品。

「小貓該不會躲在這個房間的某個角落吧？」草介說。

「有可能。」拓海點點頭。

拓海雖然沒有養過寵物，但聽說，貓喜歡躲在狹小的地方。

他們一邊思索小貓和重要人偶的手究竟會在哪裡，一邊開始觀賞身旁的小型收納箱，這時，有個聲音從後方傳來：「咦？八重奶奶？」

從大櫃子後面走出來的是一個身材筆挺、身著西裝的男子。

「您不是出去買東西嗎？」

「羽根岡先生，你好，你是什麼時候來的啊？」老奶奶睜大眼睛問道。

這位名叫羽根岡的男子，搔了搔他剃得短短的頭髮，臉上浮現尷尬的笑容。男子的身材非常修長，身高應該超過一百八十公分，年齡則介於二十五到三十歲之間，他靦腆的笑容看起來天真無憂，感覺就像是個頑皮的孩子。

「哎呀，八重女士，我之前不是有請您讓我仔細欣賞一下半次郎先生的作品嗎？」

「哦？有這件事嗎？」

「有啊！不過，半次郎先生的作品真的非常精采。」說著，羽根岡輕輕用手撫摸身旁的櫃子。

「這美麗的木紋，幾乎要讓人感動落淚，太可惜了，有這麼好的手藝卻去世了……」

面對羽根岡的熱情讚美，老奶奶只是以淡淡的笑容回應。

對話中名叫半次郎的人肯定是老奶奶的先生……咦？他已經去世了嗎？可是，剛剛老奶奶明明說她的先生去旅行了，這究竟是怎麼回事？

「這些孩子是……」羽根岡突然把頭轉向拓海他們。

「他們是來參觀的孩子，他們到我家學習日本傳統工藝，我先生很喜歡和這樣的孩子相處。」

原來如此，拓海總算搞清楚了，一開始老奶奶就把拓海三人和來參觀的孩子搞錯了，另外，原來老奶奶名叫八重。

「可惜今天半次郎先生不在家。」

「不在家？」羽根岡驚訝的跟老奶奶再次確認。

「是啊，他去旅行了。」

「誰去旅行？」

「剛剛不是說了嗎？我先生啊！」

羽根岡一直掛在臉上的笑容瞬間消失，表情變得有些沉重，他一臉嚴肅的盯著老奶奶，也就是八重奶奶的眼睛。

「八重女士，您仔細看過之前交給你的保險文件嗎？」

「文件？有嗎？」

「半次郎先生的這些作品，每一件都很有價值，萬一發生什麼意外就糟了，最好是可以買個保險……」

「說得也是，但我實在搞不懂那些文件和手續……」

「還有，您手上有我之前請您準備的土地所有權狀嗎？」

「所有權狀應該在某個地方，但一直都是我先生在保管，我不知道他收在哪。」八重奶奶似乎感到困惑，話說得不清不楚，顯得有些為難。

「不好意思。」說著，羽根岡從西裝口袋中取出手機，他對電話中的人說：「知道了，馬上過去。」隨後就把電話切斷。

「八重女士，我下次再把保險的文件帶過來。」

「可是……」

「不用擔心，我會陪您一起填寫，權狀我們也到時再一起找，我突然有點急事，今天就先告辭了。對了，你們要好好學習日本傳統工藝呀！」

羽根岡用剛剛貼在額頭上的右手，朝著拓海他們揮了揮，然後就匆忙離開了。

八重奶奶望著羽根岡的背影，目送他離去。

草介用手頂了一下拓海，小聲的說：「喂，剛剛那個人應該是來拉保險的吧？」

「誰知道？」

「他戴的那隻錶很貴呢！」

「你在說什麼啊！那一點都不重要吧！重點是半次郎先生已經去世了。」

拓海以八重奶奶聽不到的音量，小聲的跟草介說了幾句話後，指著掛在牆壁上方的照片和寫了說明的板子。

「真的呢！」風香將手輕輕貼在嘴邊，開始小聲唸著照片旁的文字。

「江戶指物師・高田半次郎——十五歲時進入木工廠擔任學徒，二十五歲時，以參加工藝展覽的機關櫃榮獲金牌獎，獨立開業之後又獲得許多獎項。竭盡心力將江戶指物工藝傳承給後世。享年八十歲……」

「享年？是什麼意思？」草介問。

「就是去世時的年紀。」風香馬上回答他。

不知道為什麼，八重奶奶不記得自己的先生——高田半次郎已經死了，而且，可能還一直以為他不在家是因為去旅行。

「剛剛那個男的有提到保險文件和土地所有權狀對吧？他會不會是詐騙集團？」草介皺著眉頭說。

「嗯……」拓海點點頭：「的確很可疑。」

「他說不定是要來騙八重奶奶的。」風香擔心的說。

「就算是這樣，我們也幫不上忙，總之，得先問貓的事。」

草介乾咳了兩聲，對著還呆呆站著的八重奶奶說：「謝謝您的招待和介紹。我們還想請問，您家有養貓嗎？」

「什麼？貓嗎？」

「是的，黑白色的小貓。」風香也跟著追問。

八重奶奶搖搖頭：「我們家沒有養寵物。我先生不喜歡貓，也不愛狗……」

聽到這裡，正當三人失望的垂頭喪氣時，突然有聲音從辦公室那裡傳過來。

「有人在家嗎？高田先生，八重女士，我自己進門了！」

伴隨著急促的腳步聲，一個年約五十、長得胖嘟嘟的男人走了進來。

「咦？」草介看了那個男子的臉，突然開口說：「我認識那個人，他好像是區議會議員……麻由野太敷先生？」

拓海也對那張臉有印象，因為不管是商店門口旁、住家外牆，還是停車場的圍牆上，小鎮到處都貼滿了寫著「區民的後盾、正義之男——麻由野太敷」的海報，同時還附上了照片。

如果是政黨和議員的海報，對社會或政治完全不感興趣的一般小學生，應該不會特別記得刊登在海報上的名字和臉孔，可是，麻由野太敷照片中那又粗又濃的眉毛，已經不只一、兩次成為上下學孩子間的話題。

「真的！是本人！」拓海也發出驚訝的叫聲。

看了草介和拓海的反應，麻由野挑高他濃密的眉梢，露出笑容：

「哇，好開心啊！小學生竟然知道我的名字。」

「不愧是議員先生，因為您頻繁在地方上參與活動，所以連小學生也十分愛戴。應該找不到跟您一樣的議員了。」一個帶著銀邊眼鏡的小個頭年輕男子，突然從麻由野壯碩的身軀後面冒出頭來。

「哎呀！不用說那麼多啦！」麻由野臉上不禁露出笑容。

小個頭男子帶著笑容將紙袋交給八重奶奶。

「您好，八重女士，我是若月。」

「您好，若月先生……」

「是的，我姓若月。八重女士，您喜歡蒸饅頭對吧？這是神樂坂的日式點心老店做的水饅頭[2]。」

「不好意思，讓您破費了。」八重奶奶帶著笑容，從紙袋封口往內窺探。

「對了，您的膝蓋還好嗎？之前來拜訪時，您說上下樓梯的時候很不舒服。」

八重奶奶一邊摸著自己的膝蓋，同時看著若月的眼睛：「托您的福，我的膝蓋還好，還要讓您費心來關心我這個老太婆，真是太感謝您了，您真是個好人。」

麻由野用雙手緊緊環抱若月的肩膀說：「若月雖然年輕，但非常優秀，他曾經到美國留學，拿到很多相當難考的證照，現在是外商公司的開發人員，總之就是在很大的土地開發公司工作，而且也針對這個地區的城市再造給我很多建議，我從他身上學到很多東西。」

2. 日式傳統點心通稱為「和菓子」，水饅頭為其中一種，是以葛粉做成的透明外皮，內裡包著餡料的夏季涼點。

「您太客氣了。」若月紅了臉，彷彿要否認似的拚命搖頭。

看來若月不僅體貼，也很謙虛，感覺是個好人。

「什麼是城市再造？」草介問若月。

「未來，這個國家會變成一個觀光大國，小鎮以後也會吸引比現在更多的外國觀光客，所以，必須發展成一個大型國際觀光都市。為了達到這個目的，要有效利用土地，讓這個小鎮可以重建，我和麻由野議員正在研究可以讓小鎮變得更有吸引力的再開發計畫。」若月冷靜而認真的說明，讓人一聽馬上就能理解。

麻由野一邊附和若月，一邊對八重奶奶說：「地區再開發的第一步，就是跟像八重女士一樣，在這裡住了許多年的居民交流，聆聽大家的意見。您有沒有任何覺得不方便或困擾的地方？」

對於若月和議員兩人說的話，八重奶奶似懂非懂，就只是抱著裝了水饅頭的紙袋微微笑著。

對了！如果是希望成為區民後盾的議員，說不定可以阻止剛剛那個叫羽根岡的男人宛如詐騙般的詭計。

「嗯……我想說一件事。」拓海對麻由野說。

「什麼事？」

「剛剛有一個奇怪的男人來到這裡。」

「奇怪的？」

「那個人叫羽根岡，他叫八重奶奶寫保險文件，非常可疑。」

草介和風香也一起站在拓海身旁點頭附和。

「而且他還叫八重奶奶找土地所有權狀。我們覺得那個人應該是詐騙集團。」

聽完草介說的話，麻由野和若月對看了一眼，大聲的說：「什麼？」

「土地所有權狀？」

麻由野張大了眼睛，他抽動眉毛，同時問拓海：「那個叫羽根岡的人把權狀拿走了嗎？」

「沒有，他說下次來的時候，再和八重奶奶一起找。」

「嗯……」麻由野低聲思忖，他小聲的跟若月偷偷說了幾句話後，帶著笑容看了拓海他們一眼。

「那個人一定是詐騙集團，真是個惡劣的男人。在我居住的地區竟然充斥這種欺騙老人的詐騙行為，我絕不容許這樣的事發生！這件事交給我，你們安心回家，不會有問題的，我們一定會想出對策。對了，今天在這裡聽到的事千萬不要告訴任何人，當然，也包括你們的父母。」

「為什麼？」草介驚訝的問。

「做壞事的人會隨時保持警戒，如果你們跟別人說了這件事，大家傳來傳去，就會傳進壞人耳裡，這麼一來，他們很快就會溜走，在我們用法律加以取締之前就逃走了，所以，一定不可以告訴別人。」

原來如此，之前看的警匪劇也有類似的情節，一旦警察內部的情報遭到洩漏，犯人就會逃走。

這種事果然還是得讓大人處理，把事情交給拍胸脯保證的麻由野他們之後，拓海他們決定先回家。

正要回家時，拓海指著辦公室裡的包袱問草介和風香：「你們覺得我可以借走這個箱子嗎？」

那是剛剛八重奶奶說要借給拓海的，裡頭包著小機關箱。

「應該可以吧！我們還可以用歸還箱子當藉口，來看看八重奶奶的狀況。」風香說。

「就把它借走，等你弄懂它的設計之後，就可以教我了。」

草介也同意把箱子借走。

「好，八重奶奶，我就把箱子借走了！」拓海對著八重奶奶所在的房間說，低頭鞠躬後，拓海便拿起包袱。

和兩人分開後，拓海快步走在日落的小鎮中。

肚子已經餓得咕嚕咕嚕叫了，媽媽說過今天要吃豬排飯，拓海想像著一口咬下剛起鍋的豬排，一邊朝著家的方向走去。

這時，突然有人從背後拉住他的背包肩帶。

「做什麼啊！」拓海回頭一看，站在那裡的果然是他的爸爸。

「哈哈，被發現了，我本來還想在你發現之前跑掉。」

滿臉笑容爸爸用手梳著他那及肩的頭髮，印有和平符號的T恤，配上磨破的牛仔褲，感覺就像個吊兒啷噹的大學生，完全看不出是有個五年級兒子的正經大人。

而且，從背後惡作劇後，竟然想躲到人家看不到的地方，又不是忍者……

「別鬧了，爸爸怎麼可能會這種神奇的技藝，現在要回家了嗎？還是要到其他地方去？」

「要去參加與藝界後輩一起組成的讀書會。」

「那你路上小心。」

「拓海，那是什麼？」

爸爸的手指著拓海手上提的大包袱，裡面包著小機關箱。

「這是……」

「等一下，我猜猜看。」

爸爸阻止正要回答的拓海，他雙手抱頭，開始「嗚嗚——」的呻吟。

路上的行人不斷轉頭看著舉止怪異的爸爸，一邊皺著眉頭快步通過，沒辦法，因為不管怎麼看，這個人都像是個危險份子，真希望他可以停止這些行為。算了，不要理他就好，隨便他想做什麼！

這時，爸爸突然從後面一把抓住不停向前走的拓海，拓海轉頭一看，一手按在拓海肩上的爸爸竟浮現滿臉笑容。

「我知道裡面是什麼東西了。」

「是嗎？」

「怎麼這麼冷淡，你應該知道我有超能力吧？」

「我不知道。」

「因為你身上流著我的血，所以你應該也有。」

「有什麼？」

「剛剛說過了呀！超能力！」

「是嗎？」

「別擔心，你總有一天會像我一樣，展現出自己的力量。」

拓海可以很肯定的說，爸爸並沒有超能力，但不知為何，爸爸卻可以一臉正經、自信滿滿的說自己有。

「那你知道這個包袱裡面是什麼東西嗎？」

「我猜猜看……是個硬硬的、四方形的東西。我猜對了吧！」

猜得是沒錯，但是，只要從包袱的形狀來想像，任何人都猜得到。

拓海的肚子咕嚕咕嚕叫著，他受不了了，就算是跟爸爸玩，還是會肚子餓。正當拓海打算跑回家時，他聽到有個微弱的聲音從人群中飄過來：「啊！是真坂優次郎！」

拓海爸爸的藝名就叫真坂優次郎，之前以上班族為題材的獨角戲而走紅，有段時間非常受歡迎，不過，現在……

「是真坂優次郎嗎？」

「那是誰啊？」

「是個不怎麼紅的藝人啊！」

那句話隨著擁擠的人群而消失。

被完全不認識的陌生人說「不紅」，實在很不是滋味，雖然爸爸老是講些無聊的笑話，非常令人厭煩，有時也讓人覺得是個無可救藥的大人，但他很疼愛拓海，不管紅不紅，也不管能不能上電視，拓海都非常喜歡爸爸。

拓海狠狠瞪著聲音傳來的方向，開始跑了起來。

「等一下，拓海。」

如果這個時候回頭，應該會看到爸爸一臉無可奈何的站著。

拓海沒有回頭，他朝著家的方向筆直奔去。

「我回來了。」

咚咚咚——

進門後，拓海聽到一陣有節奏的聲音，一定是媽媽正在將配豬排的高麗菜切成細絲。

「你回來啦！剛剛那個客人一直不肯走，晚飯馬上就好了，先去洗手。」媽媽的聲音從廚房傳了過來。

拓海媽媽是「福屋柑仔店」的店長，那家小店位在距離拓海家走路五分鐘的小巷裡，由媽媽一個人打理。

這一帶的孩子越來越少，一整天下來也賺不了多少錢，就像草介說的，是家「過時的」柑仔店，而媽媽口中待了很久的「那個客人」，一定只是來聊天打屁的鄰居大嬸。

走進自己的房間後，拓海喘了口氣。他從包袱中取出小箱子，再從背包拿出草介做的美勞作品，把它們排放在書桌上。

真是奇特的一天啊！

在花屋敷遊樂園收下草介協助的美勞作品後，遇見綁著辮子的女孩——風香，然後又追著貓四處奔跑，費了好大的勁兒才抵達的八重奶奶家，看到了許多名為「指物」的木工作品。

八重奶奶……好像不知道自己的先生已經死了，介紹指物時，雖然說明得非常清楚，但可能是因為年紀已經很大了，所以記憶也模糊了。

那個像詐騙集團一樣，名叫羽根岡的男子，看起來好像要騙八重奶奶，希望麻由野議員真的可以幫助八重奶奶。

另外，那隻小貓究竟跑去哪裡了？

風香拚了命尋找人偶的手，那人偶是她爸爸的遺物，應該是很重要的東西吧？

明天再去找一次好了……

拓海一邊回想白天發生的事和風香的大眼睛，一邊拿著白色的美勞作品，啪噠啪噠的轉動著蝴蝶翅膀。

第三章

占卜師與貓

「你弄懂小機關箱的設計沒？」

坐在長椅上的草介問拓海，一邊讓彈珠汽水的空瓶發出「喀啦喀啦」的聲響。

這裡是福屋柑仔店的門口。

「我發現了一個，再來就完全找不到了。」

昨天晚上，和媽媽兩人吃完炸豬排後，拓海就獨自把玩從八重奶奶家借來的箱子，但剩下一個機關還沒有解開。

「你這麼厲害，很快就會解開的，因為這是你最擅長的。」

「或許吧……」拓海點點頭，一口氣把剩下的彈珠汽水喝光。

此時，小巷對面有個人在叫著拓海，那是個女孩的聲音，抬頭一看，站在遠處揮動雙手的人，正是風香。

「早安！」她甩著兩根辮子跑到柑仔店前，對著拓海與草介露齒而笑。

「啊……早安。」

拓海嚇了一跳，笨拙的跟風香打了個招呼。

「咦？你怎麼知道我家？」

「草介不是說了嗎，拓海家是柑仔店，我問了水野爸爸，他說這一帶的過時柑仔店只有這間，然後我就請他把地點告訴我。」

水野爸爸指的是風香的新爸爸，可是，拓海不知道的是，自己家的柑仔店，在居民心裡都已經「過時」的柑仔店了……

拓海的心情非常複雜，他皺著眉頭把冰涼的彈珠汽水從冷藏庫裡拿出來遞給風香，拓海的媽媽說，彈珠汽水雖然是熱賣商品，但偶爾招待朋友還是可以的。

「謝謝。」

「那個人偶的手呢？」

「唉，還是沒有找到，這樣的事也沒辦法跟媽媽說。」風香打開彈珠汽水的瓶蓋，嘆了口氣。

「你沒有說嗎？」拓海驚訝的問風香，風香搖搖頭。

「嗯……說不出口啊！」

「說得也是。」坐在一旁的草介擺出一副什麼都了的表情，一邊點著頭。

「你懂我的感覺嗎？」風香說。

「因為風香的媽媽已經再婚了，如果她知道你現在還在玩著爸爸的遺物，可能會覺得你不喜歡這個新爸爸。你應該是不想讓已經展開新生活的媽媽擔心吧？」

「沒錯，就是這樣。媽媽搬來這裡後，真的很幸福。」

說著，風香突然用雙手抓住草介的手：「很少有男孩子可以理解這麼細微的情緒，好開心！」

草介無法掩飾自己心裡的得意。

拓海在心裡默默想著：「真抱歉，我完全沒注意到如此細微的地方。」

風香喝完彈珠汽水後，雙手合十擺出祈求的姿勢說：「拜託你們，再陪我去找一次人偶的手，可以嗎？」

「可以啊！」拓海毫不猶豫的答應風香的要求，雖然他的心思不是太細膩，卻非常有行動力。

「我跟你們一起去，我也很想知道那隻貓叼走的手究竟在哪裡。」草介舉起右手說。

「太好了！我對這個小鎮不熟，實在不知道該怎麼辦。」

「其實，我們也不知道……」草介說。

「總之，先出發再說吧！」拓海拍了拍草介的肩膀。

「要走去哪裡呢？」

「先從小貓消失的地方，也就是八重奶奶的家開始吧？」

「好啊！我們走！」風香說。

於是，三人決定再次拜訪昨天去過的高田八重奶奶的家。

和昨天一樣，拓海、草介和風香三人畢恭畢敬的坐在高田八重奶奶家的沙發上。

「你們是來找八重姊的嗎？很不巧，她去美容院了，你們找她有什麼事嗎？」

一邊說著話，一邊把冰涼的煎茶端到他們面前的不是八重奶奶，而是另一個婆婆。

這個婆婆剪得極短的頭髮雖已轉為銀白，但五官非常鮮明，感覺是個幹練的人，俐落的舉止，加上筆挺的白襯衫配牛仔褲，看起來比八重奶奶年輕許多。

「我們昨天來過了，我們聽八重奶奶講了許多有關指物這種傳統工藝的事，可是，我們還想知道貓的下落。」風香挺直了背，很有禮貌的回答。

「貓？」

「一隻黑白色的小貓，牠叼著對我來說很重要的東西，跑進這間屋子了。」

「貓嗎……」婆婆用她纖細的手托著下巴，頂著銀白短髮的頭微微傾斜。

這位短髮婆婆稱八重奶奶為「八重姊」，雖然長得不太像，但會不會是八重奶奶的妹妹？

「您是八重奶奶的妹妹嗎？」草介提出和拓海一樣的疑問。

「啊，不好意思。」婆婆道歉後聳了聳肩膀：「因為我稱她八重姊，所以讓你們誤會了，我不是她妹妹，只是以前的同事。

八重姊是我的前輩，這是很久很久以前、超過四十年前的事了。」

「四十多年前……」

那時拓海的爸媽都還沒出生呢！的確是很久以前了。

「我和八重姊像親姊妹一樣生活在一起，她和這家木工坊的老闆結婚後就辭職了，但是我們一直有保持聯絡。」

「您說的老闆是半次郎先生嗎？」拓海問。

「沒錯，就是高田半次郎先生，他雖然是個沉默寡言的工匠，但工作非常認真，對八重姊也非常好。」

「昨天，八重奶奶有讓我們看了半次郎先生做的櫃子和家具等各種工藝品。該怎麼說呢……真的是細緻又美麗！」

聽拓海這麼說，草介和風香也在一旁猛點頭。

「八重姊很喜歡小孩，也喜歡有人聽她說話，謝謝你們陪她聊天。」

「不，這不算什麼……」

「八重姊已經老了，她最近變得非常健忘……」

這位和八重奶奶親如姊妹的婆婆皺起眉頭，嘆了一口氣。

「八重奶奶好像以為半次郎先生還活著。」草介輕聲說道。

「是啊，她好像連這件事也忘記了。大概是一年多前開始變得很嚴重，講電話時，說話總是顛三倒四，所以我非常擔心，我一直在鄉下生活，不斷搬來搬去，半年前才搬到這附近。」

「是為了照顧八重奶奶嗎？」

「八重姊沒有小孩，也沒有親人，加上我自己也是孤單一人，沒什麼依靠。搬到這裡之後，我一個禮拜會來兩、三次，似乎也有一些形跡可疑的人出現。」

形跡可疑的人……婆婆說的，一定是昨天那個像詐欺集團的男人！

「嗯……」風香探出身子說：「形跡可疑的人昨天也來了。他要求八重奶奶填寫保險文件，還很直接的要求她找出土地所有權狀。」

「要土地所有權狀……」

「不過，不用擔心，那時區議員剛好也來了，所以已經麻煩他處理了。我們請他照顧八重奶奶，他說一切都包在他身上。」

草介用右手擺出沒問題的手勢說。

「這樣啊……」婆婆彷彿陷入沉思，她閉了一下眼睛後，喝了一大口茶。

「謝謝你們告訴我這些，我之後會更加小心。對了，你們在找貓對吧？」

「是的。」

「是黑白色的小貓嗎？如果有看到，我再跟你們聯絡。」

拓海和草介把寫有電話號碼的便條紙交給婆婆，短髮婆婆也快速從灰色包包中拿出一張名片，上面寫著地址、電話號碼，以及「占卜師　北本真砂女」。

「占卜師？」

三人不斷來回對照名片和婆婆的臉。

「我的辦公室在遊樂園旁邊一棟雜居建築的三樓，雖說是辦公室，其實住的地方也在那裡，我可是一個非常靈驗的占卜師呢！下次不妨讓我來占卜一下你們的未來。」說著，真砂女婆婆對著孩子們帥氣的眨了眨眼。

在八重奶奶家與真砂女婆婆聊了一會兒之後，拓海他們在附近徘徊到傍晚，到處尋找那隻黑白貓。熟悉的木屐店爺爺、文字燒店的老闆娘、仙貝店的叔叔、拉人力車的大哥哥……他們向許多人打聽貓的下落，但所有人都只是一臉疑惑。

拓海拖著疲倦的步伐，穿過福屋柑仔店的門簾。

燈火通明的小鎮非常熱鬧，大家分別在自家店門口以元氣飽滿的聲音賣力招呼客人，街上滿滿都是四處遊蕩、尋找美食或土產的觀光客。可是，和大馬路有點距離的柑仔店內，卻是一個客人也沒有。

「媽，你在嗎？」

「拓海，你回來啦？」

回應拓海時，媽媽人在略顯陰暗的後方櫃臺前，背對拓海蹲著，平時只要拓海一回家，媽媽總是張著她的大眼睛，帶著笑容迎接，但今天卻不一樣。

難道媽媽身體不舒服嗎？

「怎麼了？你還好嗎？」

拓海對著媽媽的背跟她說話，但媽媽還是沒有回頭。

「嗯……好乖。」

怎麼回事？媽媽似乎在對著地板自言自語？

「媽，我叫你好幾次了，你怎麼了？」拓海小心翼翼的走近媽媽身旁，發現媽媽腳邊好像有個毛茸茸的東西。

是貓！

擺在地上的漆碗似乎裝了一些貓食，貓把牠那小小的頭栽進碗裡，「喀啦喀啦」的吃著。

「怎麼會有這隻貓？」

「來，多吃一點，對，就是這樣，好可愛啊！」媽媽盯著小貓拚命吃著貓食的模樣，一邊和牠說話。

拓海家從沒有養過寵物，並非不想養，只是一直沒有機會。

拓海在母親身旁蹲下，輕聲問：「這隻貓是怎麼來的？」

「聽說是昨天因為迷路，跑進了外公的工作坊。」

媽媽口中的外公就是媽媽的父親，六十六歲的柴山元吉，原本在木工廠工作，現在在這裡開了間小工作坊，製作小型的木頭玩具。福屋柑仔店的二樓就是工作坊，三樓則是外公住的地方。

順帶一提，福屋柑仔店是八年前去世的外婆開的店，拓海的媽媽繼承了這家店，一個人經營著。

「你說這隻貓跑到工作坊？是怎麼進來？」

「聽說是從窗戶跳進來的。」

「昨天嗎？」

「是啊，今天我一到店裡，你外公就抱著這隻貓下樓，我嚇了一跳。應該是迷路了吧？脖子上沒有項圈，可能是隻流浪貓。牠很親人，真的好乖啊！」

彷彿是要回應媽媽那音調偏高的聲音，小貓微弱的叫了一聲「喵」，把頭從碗裡抬起來。

黑白色的小臉上，有著圓滾滾的金色眼睛……

啊！這隻貓說不定就是……

「小小的！黑白色！」

「是啊，這花紋真漂亮，你看，臉長得也很可愛。」

媽媽摸著小貓的頭，這時小貓突然跳到拓海的膝蓋上。

「牠喜歡拓海呢！你也摸摸牠吧！」

在媽媽的催促下，拓海用指尖輕輕摸著小貓的頭，小貓則用頭不斷摩擦拓海的手。小貓的毛輕飄飄的非常柔軟，兩隻耳朵的尾端都是黑色的，白色的額頭上有著彎彎曲曲的黑色條狀花紋。

「額頭的圖案很特別呢！」

「是啊，你說這看起來像不像數字『2』和『9』？」媽媽帶著滿臉笑容，用手指撫摸小貓頭上的圖案。

經媽媽這麼一說，看起來真的很像數字，不過更重要的是，怎麼確定這隻貓就是之前他們要找的「那隻貓」呢？

「外公呢？」

「在二樓的工作坊，他還在工作。」

「好，我去跟他說兩句話，媽，不要讓貓跑到外面去。」

拓海輕輕的把貓從膝蓋放下來，便爬上櫃臺後面的狹窄樓梯，敲了敲工作坊的門。

「誰啊？」裡頭響起一個低沉的聲音。

「外公，我進來了！」

外公的工作坊是一個約六坪大的房間，裡面瀰漫著木頭的氣味，牆上密密麻麻排列著各種工具……

原來如此，進入半次郎先生的工作坊時，拓海之所以感到很熟悉，可能是因為想起了外公的工作坊。

拓海走進工作坊，裡頭滿滿都是碎木片、顏料、工具和已經做好的玩具。

「是拓海？你有好幾年沒有進來了！」外公驚訝的抬起頭，他拿下老花眼鏡，眨了眨眼睛。

「嗯？好像是。」

的確，拓海很久沒有來工作坊了，雖然拓海自己不記得，但上幼兒園時，他曾經堅決的說：「我絕對不要去外公的二樓房間。」就再也沒有來過工作坊了。

倒也不是因為討厭外公，外公很和善，也遠比爸爸值得信賴，拓海非常喜歡外公，學校放假時，拓海都會到外公位在三樓的房間，和他一起吃午餐，但卻怎麼也不想進來這個工作坊。家裡沒有任何人針對這件事責備拓海，不知不覺，就這樣過了好幾年。

可是，今天不一樣，因為他迫不急待的想要問外公小貓的事，而且進到工作坊後，內心非常平靜，為什麼之前會不想進來呢？

拓海覺得非常不解，他環顧房間各處，輕輕吸了口氣。

「我有事情想問外公，現在方便嗎？」

「當然，我正想休息一下。」外公把圓凳放在大型工作檯前，讓拓海坐下。

「怎麼了，和媽媽吵架了嗎？」

外公用厚實的手搔了搔剪得很短的斑白頭髮，擔心的看著拓海的眼睛。

「不是，我們沒有吵架。我是要問你小貓進到工作坊的事。牠是從窗戶跳進來的嗎？」

「應該是從那裡。」外公指著陽臺的窗子。

「好像是在三點的休息時段之前，我為了讓空氣流通，把窗戶打開，結果，貓就跳進來了，那時我正要吃涼粉。」

「涼粉……」

「小貓喵喵的叫，牠慢慢靠近我，然後，一直用力的聞著涼粉，一口就把撒在上面的海苔吃掉了。」

「小貓吃了海苔？」

「吃得津津有味呢！」

「真的嗎？」

說到貓喜歡吃的東西，拓海只想得到魚和柴魚片，沒想到牠們也喜歡海苔。不，現在想問的不是貓對食物的喜好，而是那隻「手」。拓海他們大約在兩點半時，看見小貓進入八重奶奶家。這樣的話，小貓穿過八重奶奶家，經過小巷來到這裡，應該是接近三點時。

「那個時候，小貓有叼著什麼東西嗎？」

外公點點頭：「是有叼著東西。」

「真的嗎！」拓海跳了起來，抓著外公的手。

「那東西現在在哪裡？」

「我小心收著呢！」

「快給我看！」

「可是，為什麼你要找那個東西？」

「原因我等一下再告訴你，快點拿出來！」

「你這急性子到底是像誰啊？」

外公一邊叨念，一邊從書桌抽屜裡，拿出一個白色小包袱。

「可以打開嗎？」

「可以，但要輕輕的開。」

拓海依照外公的叮嚀，在書桌上輕輕掀開包裹的布。

結果，裡面是……

第四章

外公的工作坊

布包裡的東西，果然是木頭做的白色小手。

這一定是風香正在找的那隻——從她爸爸遺留的人偶掉下來的手。

小手以堅硬的木頭做成，所以比想像來得重，木手包含從手肘到下方的手腕，以及手掌和手指。木手掌胖呼呼的，連紋路也刻上了，五根手指就好像拿著雞蛋般向內彎曲，指尖部分雕刻得非常細緻，連指甲的形狀都看得出來，跟真正的手沒有兩樣。

「像真的一樣，好厲害啊！」

「很厲害吧？這應該是一位很了不起的人偶師做的，而且，應該是很久以前的作品。」

「外公看得出來嗎？」

「看得出來啊！」外公抿嘴一笑，把手放在拓海的頭上問：「你為什麼要找小貓叼的這隻手？」

拓海說出昨天經歷的一切後，只見外公「嗯……」的輕聲回應，並把雙手交叉在胸前。

「原來是去世父親所遺留下來的，那女孩叫風香對吧？」

「對。」

「幸好可以找到這隻手，因為貓非常難捉模，如果牠隨便把手丟在路邊，那就更難找了，那孩子的運氣真好。」

「對啊，運氣真好。」

貓把手叼走了之後就不知去向，這並不奇怪，只是沒想到，繞了一大圈之後又出現在拓海眼前！

「那個叫風香的孩子應該會很開心吧！太好了。」

「對啊！」

外公仔細端詳那隻木手說：「可是，這隻手真的做得非常細緻，我真想看看人偶本身長什麼樣子。」

「我來拜託風香，她一定會讓我們看的。」

「那就這麼說定啦！」外公開心的笑著。

「唉，沒想到你也長大了。」

「怎麼突然講這個？」

「而且還會進到這個房間來。」

「嗯……是啊。」

「我想你應該忘記了。」

「忘記什麼？」

「你不想進到這個房間的理由，你想知道嗎？」

「外公知道嗎？」

「當然，一直到現在我都沒有跟其他人說。」

「是很奇怪的理由嗎？不要嚇我。」

「哈哈，像是看到鬼之類的嗎？放心，不是那種理由。」

「那是因為什麼？我想知道，告訴我吧！」

「那件事發生在你外婆去世，你媽媽剛開始在一樓工作。當時你好像快三歲了，你每天都到工作坊來，把這裡當成遊樂場，你還記得嗎？」

「完全不記得。」

「是嗎？剛開始的時候，你坐在兒童座椅上，在工作檯旁毫不厭倦的一直盯著我的工作看，看我刨木頭、組合木頭，似乎覺得很有趣。沒多久，你也會幫我把多餘的碎木塊堆起來，做一些細微的工作。」

外公打開書桌的抽屜，拿出一個木盒。

「你打開來看看。」

那是個和大便當盒差不多大小的木盒，拓海掀開木盒的蓋子後，看到裡面裝了幾件塗上五顏六色的油漆、像木頭玩具一樣的東西。

「這是什麼？」

「這全是你做的！」

「真的嗎？」

拓海把它們一個個拿起來看。黏著塗成白色和藍色三角板的小木塊，這應該是帆船；把各種不同大小的木頭立方體黏接起來的東西，應該是機器人吧？上面還畫了眼睛、鼻子和嘴巴，紅底上有著黑色點點的圓形，應該是瓢蟲吧？除此之外，還有在兩個圓形木球間黏上線的東西、看起來就像一根木棒的東西，以及看不出是什麼玩意兒的東西。不過，以三歲小孩的標準來說，真的做得很不錯，完全不像是手腳笨拙的拓海做出來的作品。

「以前你經常做這種東西，雖然你完全不記得了。」

「雖然是自己的孫子，但當時我真的認為你這孩子是天才！你四歲時，甚至還幫我做一些比較複雜的工作，像是把材料整齊排好、用黏著劑把木頭零件黏起來之類，你都很有耐心的幫忙。有一天，碎木片從你的手上彈開，把顏料罐打翻，書桌上到處都是油漆，做到一半的作品也全毀了。白色油漆沾滿了全身，你開始嚎啕大哭，我想安慰你，但你不斷道歉，而且還發誓絕對不會再進來這裡，就跑出去了，我想應該是嚇壞了吧？」

「後來，我再也沒有來過這裡嗎？」

「應該是。」

「只因為打翻油漆嗎？」

「嗯，你固執的個性跟你媽媽一模一樣，不過，我也有錯，因為你開始幫忙之後，我就一味的稱讚你工作的速度很快，也很有條理，你當時年紀還小，也想回應我的讚美，你用一雙小手拚命的想幫我的忙，或許是因為想要快點做好，所以慌慌張張的把油漆打翻了，我真的覺得很抱歉。不過，在那之後，你對做美勞完全失去興趣，這是最讓我難過的一件事。」

「不，討厭美勞是因為我天生就笨手笨腳的。」

「你絕不是手腳笨拙的人。沒有人一開始就很靈巧，慢慢來也沒關係，要把工作一件件仔細做好，而且，還要經常去欣賞優秀的人做出來的作品，向他們學習，也要經常思考工作的步驟，這樣就會慢慢變得熟練。」

「是這樣嗎？」

「就是這樣沒錯。」

外公很肯定的說，並且把拓海小時候做的帆船和人偶的手放在拓海手上。

「晚安，有人在嗎？」

拓海站在風香住的新大樓其中一戶門前，他手上拿的紙袋，裡面裝的就是那隻人偶的手。

雖然已經晚上七點多了，但拓海想盡早把這隻木手交給風香，得到母親的允許後，他從店裡跑了過來，但不管按了幾次門鈴、敲了幾次門，都完全沒有反應。

後來，對面那戶人家的門「喀嚓」一聲的打開了，一個感覺很親切的阿姨從裡頭走了出來。

「你要找水野先生嗎？」

「是的。」

「他應該是出去工作了，不在家。」

「工作？」

「嗯，因為他是屋形船[3]的船長，應該很晚才會回來」

「風香也去了嗎？」

「你是說那個可愛又活潑的小女孩是嗎？她說屋形船的工作

3. 是一種專門供人夏日飲酒、聚會的娛樂用船隻，具有日式傳統復古的船隻外觀、耀眼鮮豔的紅燈籠等特徵，是日本特有的和式文化。

很有趣，所以精神奕奕的和兩個哥哥一起去幫忙了。」

「這樣啊。」

怎麼辦，現在已經很晚了……

「你有急事嗎？如果有東西要交給他們，我可以幫忙代收。」

拓海很感謝阿姨的好意，但是，如果她在風香媽媽前把人偶手拿給風香那就糟了，拓海想了一下後，對阿姨說：「請問您有紙和筆嗎？」

拓海在阿姨拿給他的紙上寫著「風香，我有東西要拿給你，明天早上請把主體拿到我家的柑仔店。　拓海留」。此外，拓海

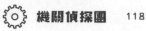

還在「東西」這兩個字的下面，畫上簡單貓臉和手掌，主體下則畫上了人形的圖案。

這樣的話，其他人應該看不懂，但風香馬上就能知道，已經找到貓和手了。而且，如果風香可以整個人偶拿過來，外公一定可以幫忙將它修好。

向阿姨道謝後，他仔細的把便條紙放在一樓寫著「水野」的信箱中，抱著紙袋朝著自己家跑去。

回家之後，那隻黑白貓跑出來迎接拓海，一定是媽媽把牠從柑仔店帶回來的。

「喵——」

「嗨，我回來了。」

小貓在拓海腳邊撒嬌，拓海摸摸牠的頭。

爸爸和媽媽在廚房裡聊得很開心。

「你回來啦！事情辦好了嗎？」媽媽站起來迎接拓海。

「嗯……」拓海露出不置可否的笑容。

爸爸用挖苦的語氣說：「你應該是被女孩子甩了吧？」

「才不是！」

「怎麼突然認真起來，真可疑呢！」

「哎呀，不要煩我啦！」

拓海的媽媽開朗又溫柔，而且也很有原則，拓海相當以自己的媽媽為傲，這樣的媽媽為什麼會看上吊兒啷噹的爸爸，讓拓海覺得非常不可思議。

「今天不用工作嗎？」

「不是今天不用工作，而是今天也不用工作。」

「這不是什麼光榮的事吧！」

被拓海吐槽後，爸爸抓住自己胸口，做出誇張的痛苦表情。

「啊！我受傷了，有人攻擊我的痛處。」

「沒關係，好運總有一天會上門的，別玩了，來吃飯吧！」媽媽拍了拍爸爸的肩膀安慰他。

晚餐是涼麵和天婦羅，拓海突然想起來，幾年前曾在屋形船上吃了很多現炸天婦羅，而那位阿姨說，風香家在經營屋形船。

拓海一邊想像著風香在屋形船上工作的模樣，一邊大口咬下酥脆的炸蝦什錦。

回到房間後，拓海再度挑戰那個小機關箱，他用食指不斷敲著箱子的側面和頂板，如果是空心的，應該會發出不同的聲響。

然而，不管拓海敲哪裡，都發出一樣的聲音，拓海用雙手把箱子舉起來，深深嘆了一口氣。

「實在是搞不懂，應該還有一個機關被藏起來……」

正當拓海想把箱子放回書桌上時，小貓突然一躍，跳上了他的膝蓋。

「嗯？你從哪裡跑出來的？」

小貓不斷用鼻子嗅聞拓海手上的箱子，彷彿在說著「這是什麼東西？」

「不行，這箱子很珍貴，它是一個名叫半次郎的厲害師傅做的，萬一弄壞就糟了。」

拓海要把箱子舉到自己頭頂上並站起來時，他看到箱子的底部。

對了，箱底還沒有查看！

拓海把箱子輕輕放在書桌上，用手觸探底板，輕壓了一下板子後，箱子微微發出一聲「咔噠」的聲音。

果然是這裡！

他一邊壓著底板，一邊試著滑開，結果，底板果真開始滑動。

拓海小心翼翼的緩慢移動箱子，雖然從外表完全看不出來，但底部有個高約兩公分的隱藏式抽屜。

「太棒了！咦？」拓海比出勝利的手勢，隨即又眨了眨眼睛。抽屜裡有一個茶色信封，信封正面用黑筆寫著「內有土地相關重要文件」。

咦？這……

該不會就是那個像詐騙集團的男子在找的文件？

第五章

廢棄房屋裡的寶物

拓海在小機關箱中找到文件後，馬上跟爸媽商量。

雖然麻由野太敷議員叮嚀他不要告訴任何人，但現在應該不是遵守約定的時候。

拓海的爸媽聽完他說的話之後，將茶色信封內的東西拿出來確認，沒錯，那份文件正是八重奶奶的土地所有權狀。

「怎麼辦呢？」媽媽嘆了一口氣。

「如果把權狀還給八重奶奶，不知道什麼時候會被那個詐騙集團的人搶走。」爸爸說。

拓海對著爸爸用力點了個頭。

「不過，這麼重要的東西……不知道八重奶奶有沒有孩子，或是可以信賴的親人。」

「聽說她沒有孩子，也沒有其他親戚。啊！有一個人，但不是八重奶奶的親戚。」

拓海想起今天遇見的真砂女婆婆，那位自稱八重奶奶結拜姐妹的占卜師。

「有位自稱是八重奶奶前同事的婆婆，現在好像在照顧八重奶奶……今天還有拿到她的名片。」說著，拓海把名片從房間拿過來。

爸爸接過名片，盯著瞧了一會兒，若有所思。

「占卜師嗎？她說是以前的同事對吧？八重奶奶和這個叫真砂女的人以前是做什麼工作的？」

「不知道，我們沒有問她。」

「啊！是北本真砂女。」看到名片後，媽媽大叫了一聲。

「那個人是很有名的占卜師，藝人和政治人物好像都經常請她占卜。」

「真的嗎？」

「好像半年前左右搬到這個小鎮，她經常去阿松太太的文字燒店吃飯，聽說是個爽朗的人，給人的印象非常不錯。」

「可是，並非所有的名人都是好人，就算能給人好印象，也未必就很善良……那個占卜師婆婆該不會是看上了八重奶奶的財產，才來到這個小鎮。」

「你沒見過她對吧？那怎麼可以這樣妄下結論。」

拓海附和媽媽的嚴厲指責：「就是啊，真砂女婆婆真的很擔心八重奶奶。」

「我們不能那麼草率，輕易就把人分類成好人或壞人。」

「就是啊。」

「沒錯。」

被媽媽和拓海說得啞口無言的爸爸，顯得有點沮喪，他拿起土地所有權狀說：「現在把權狀拿去還給八重奶奶，有可能會落入壞人手中，就算送到警察那裡去，因為還沒有真正構成犯罪行為，他們只會直接還給八重奶奶。既然如此……要不要我們暫時先幫她保管？」

這次，拓海和媽媽完全同意爸爸的建議。

隔天早上，拓海到福屋柑仔店時，風香已經站在店門口了，旁邊長椅上放了個大木箱。

她一定是看到了拓海昨晚留下的紙條，所以把爸爸遺留下的人偶拿過來了。

「早安，找到了嗎？」

「對，找到了。」

「真的嗎？謝謝你。」風香眼眶泛淚的跟拓海道謝，幾乎要哭出來。

「啊，這沒什麼啦！」

這是拓海第一次把女孩弄哭，他不知該如何是好，正感到手足無措的時候，草介來了。

「聽說找到手了？太好了！」

草介一邊走來，一邊直盯著風香的臉看。

「嗯！」風香快速的擦了一下被淚水沾溼的雙眼，露出笑容。

「可是，為什麼草介已經知道了？」

拓海雖然有透過紙條通知風香，但還沒有跟草介聯絡，只見草介從牛仔褲口袋中掏出智慧型手機，拿給訝異的拓海看。

「風香跟我聯絡了。」

「昨天看到拓海的紙條後，我就用聊天軟體聯絡草介，和他說早上在這裡碰面。」

「原來如此。」

拓海沒有手機，雖然已經向爸媽要求過很多次，但他們堅持上國中前不能拿手機，所以每次都被拒絕。

瞬間，拓海心想，如果有手機，就不用跑到風香家，把紙條丟進她家信箱了……不過，這也無可奈何。

他在心裡小小抱怨了一下，帶著兩人進入店內。

拓海、風香和草介三人來到外公位於柑仔店二樓的工作坊。

外公把風香拿來的人偶放在工作檯上，小心翼翼的查看，而那隻黑白貓將身體捲一坨，睡在外公腳下，看樣子，牠要在這裡住下來了。

「原來如此……」

人偶的身高約三十公分，那是一個留著娃娃頭，身穿和服的日本少女娃娃。

「這是一個機關人偶，而且做得非常好。」外公研究了一下人偶後，對著拓海他們說。

「機關人偶？」

「對，是送茶人偶，可以把托盤放在這隻手上，再放上裝滿茶的茶杯，人偶就會開始走路，只要把茶杯拿起來，人偶就會自動停止，如果再把空了的茶杯放在托盤上，人偶就會轉身往回走，回到原來的位置。送茶人偶是江戶時代發明的，它是集結了當時各種科技的日本製機器人。不過，這個人偶並不是江戶時代製作的，而是更早之前，應該是在昭和初期左右，由技術非常出色的工匠打造的。」

「這個會動嗎？」

「哇，如果可以看到裡面的機關就好了。」

外公把人偶穿的和服下襬往上撩起，讓拓海他們看。

裡面有一個木材做的，像齒輪一樣的東西，並不是一個普通的舊人偶。

「好厲害啊！」拓海他們發出驚呼。

「機關人偶的動力，來自以鯨魚鬍鬚做成的發條向外放鬆時的力量，完全沒有使用電池或電力，江戶時代製作的東西，現在只有博物館才能看到，非常珍貴。」

「是價格昂貴的寶物呢！」草介神氣的說。

「外公，我想看看人偶動起來的樣子。」拓海說。

外公聽了笑著搖頭。

「現在可能沒辦法，齒輪已經破損了，需要稍微修理一下，或許就可以動起來了，當然，也可以把掉下來的手裝回去。」

「真的嗎？那拜託您了。」風香激動的湊近身子。

「這是很重要的人偶吧？我會小心修理的，請放心。」

「實在太感謝您了！」說著，風香深深鞠了個躬。

「可是……」外公直盯著人偶，若有所思的閉上眼睛。

「怎麼了，有什麼問題嗎？」

拓海問了之後，外公一邊思索一邊說著：「這個人偶和我以前看過的那個，長得一模一樣。」

「以前？」

「這是好幾十年前的事了，有一個叫柳天齋的『手妻[4]師』女子雙人組，如果沒記錯，她們的藝名應該是文蝶和文女。」

「手妻師？那是什麼？」三人同時發問。

「簡單來說就是日式風格的魔術師，他們會靈巧的把玩玉簾[5]、用扇子搧動紙做的蝴蝶讓牠飛起來，也會表演水藝——這是讓水從扇子或身體流出來。因為是讓手和閃電一樣迅速移動來表演戲法，所以又稱為『手妻』。」

「哇！」

「就在二次大戰結束後不久，國內經濟剛開始復甦，因為柳天齋的文蝶和文女組合華麗又優雅，是非常受歡迎的魔術師，也是各個劇團爭相邀請的當紅表演團體。有一天，我師父碰巧帶著我和某些大人物聚餐，在一家大型日本餐廳的宴席上，柳天齋的兩名成員來表演餘興節目，當時的節目就用了機關送茶人偶。看到人偶「咔噠咔噠」的走著，剛好停在我師父面前時，我完全被

4. 日文為如閃電般快速之意。

5. 與竹簾一樣，是一種把竹或葦用線編織而成的小型簾子，使用於日本傳統街頭表演，表演者會一邊唱歌、一邊讓手中的玉簾變化出各種造型。

震驚了，而這個人偶和我當時看到的人偶非常像。」

「人偶應該可以大量生產，一模一樣的人偶應該會有好幾個吧？」草介嘟著嘴說。

「不，」外公堅決否定草介的話：「只有這一個，因為當時我拜託人偶的主人文女和文蝶小姐讓我仔細看過人偶，尤其是這個人偶身上的和服袖口圖案，右邊是水菖蒲，左邊則畫著蝴蝶，這是配合兩個人的名字特別訂做的。」

「可是，這個人偶是我爸爸的遺物，為什麼爸爸手上會有那對魔術師的送茶人偶呢？」風香驚訝的說。

「你爸爸什麼都沒有跟你說嗎？」拓海問風香，風香搖了搖綁著辮子的頭。

「沒有，我想媽媽應該也不知道。」

「說不定風香的爸爸，正是人偶製作者？」草介靈機一動。

但風香覺得很疑惑，她說：「我爸爸是一個普通上班族，對人偶也沒有興趣的樣子。」

「我完全想不出為什麼人偶會在風香手上，不過，還是請幫我們修理吧！」

「是的，拜託您了。」

風香彎腰鞠躬的同時，之前迷迷糊糊彷彿在睡覺的黑白貓，抬起頭叫了一聲。

「咦，這小子好像也一起拜託呢！」說著，草介笑著輕輕戳了小貓的頭。

「這隻貓沒有名字嗎？」風香也蹲了下來，輕撫著小貓的背。

「沒有，還沒取名字。」拓海說。

「你想要個名字吧？」風香盯著小貓的臉想了想。

「喵——」

「好乖，啊！這個應該很適合。」風香彈了一下指頭。

「你們看這隻貓額頭上的花紋，是不是很像阿拉伯數字的『2』和『9』？要不要就取名叫『阿九』？」

「這名字不錯！」外公發出低沉的笑聲。

「這樣就成了福屋柑仔店的吉祥貓阿九了！」

「好，就這麼決定！太好了，阿九！」

草介叫喚黑白貓時，「阿九」打了個大大的哈欠後，再次回應了一聲「喵」。

把人偶交給拓海的外公後，拓海他們便前往北本真砂女婆婆的辦公室。

昨天晚上，在那個小機關箱發現了八重奶奶的土地所有權狀，拓海把事情告訴草介和風香後，兩個人都認為該去和真砂女婆婆商量一下。

真砂女婆婆的辦公室在雜居大樓的三樓，非常容易找，從外面可以看到玻璃窗上貼著「占卜」、「鑑定」等字眼。

「應該是這裡吧？」草介說。

「嗯，沒錯，我們進去吧！」

他們爬著微暗的樓梯來到三樓後，看到一扇鐵門。鐵門上掛著寫了「算命鑑定・北本真砂女」的金屬板子。

拓海按了對講機的按鈕，但裡頭完全沒有聲音。

「不在嗎？說不定到八重奶奶家去了。」草介說。

「有可能，我們打電話給她，希望她可以過來。」風香一邊拿出手機，一邊點頭。

就在那時，鐵門「喀啦」一聲的打開了。

出來應門的是真砂女婆婆，太好了，她沒有出去。

「啊，你們是……」

「您好，不好意思，突然跑來了。」

拓海鞠躬示意，真砂女婆婆面帶笑容，露出了眼尾的皺紋，她今天穿了牛仔褲，配上帥氣立領的白色運動衫。

「我還在想你們今天應該會來。」

「真的嗎？」

「直覺，只是直覺，快進來。」

進門後，映入眼簾的是一個很普通的大樓房間，乍看之下，像是個整潔的客廳，靠牆的桌子蓋著黑色天鵝絨布，上頭放著一顆沉甸甸的水晶球，隔壁的桌子上放著塔羅牌，塔羅牌旁有個插了許多細長竹棒的筒子，大概是算命用的道具吧？

除此之外，書架上密密麻麻的塞滿了舊書，迅速瞄了一下書名，大致是《西洋占星術》、《手相讀本》、《風水開運術》、《陰陽五行說》、《塔羅牌的真實》、《夢與行動的超心理學》、《幸運與人類心理》……全是和算命與心理學有關的書籍，書架上也有皮質封面的厚重英文書。

三人瞪大了眼睛四處張望。

「不要呆站在那裡，坐下吧！」真砂女婆婆指著沙發說，並快速為他們準備冷飲。

「您在這裡占卜嗎？」

風香開口詢問，真砂女婆婆則坐在沙發旁的凳子上。

「是啊，是預約制的，但你們應該不是來占卜的吧？是不是有什麼事想跟我商量？」

「是的。」拓海將身子往前挪，他告訴真砂女婆婆自己發現了八重奶奶的土地所有權狀。

「因為是重要的東西，我們知道應該要馬上還給她，可是，如果現在交給八重奶奶……」

「八重姊一定會就這樣拿給詐騙集團，對吧？」真砂女婆婆接著拓海把話說完。

「現在是你們在保管吧？可以請你們先收著嗎？嗯……你叫

真坂拓海對吧？」

「是的。」拓海點點頭。

草介驚訝的說：「真砂女婆婆，您好厲害，只見過一次面就記得那麼清楚。」

「因為人的名字很重要啊！」

「幫小嬰兒取名字時，如果筆畫數不吉利，人們通常會想換個字，或是重新想一個。」風香用大人的口吻附和真砂女婆婆。

「所有父母對孩子的名字都會懷抱著一種特別的期待，我覺得雖然取個吉利的名字比較好，但孩子的人生不光是靠筆畫數來決定，就算取了一個非常吉利的名字，也不是每個人都會因此而得到好運，相反的，就算取了不吉利的名字，還是有人非常成功。其實，只要好好度過每一天，幸福終會來到。來找我占卜的人各不相同，有人因為完全無法擺脫的煩惱而痛苦，也有人希望可以賺更多的錢來滿足慾望，可是我們不能靠著占卜突然變成富翁，或是改變身邊的環境。占卜這件事，只是重新檢視自己，以求更容易找到屬於自己的幸福。」

真砂女婆婆柔軟而沙啞的聲音與話語，深深感動了三人，拓海他們各自默默的將裝有檸檬汁的玻璃杯湊到嘴邊。

果汁喝完後，真砂女婆婆拍了拍自己的膝蓋站起身來。

「拓海，下次我再到你們家拜訪，請幫我向你的父母問好。」

「好的，我會的。」拓海點點頭。

「我現在要到八重姊那裡。」

「現在嗎？」

「是啊，我會先去買衛生紙和一些吃的，把它們拿過去，順便再做個午飯。」

「我可以幫忙搬東西。」

風香輕輕站了起來，接著，拓海和草介也分別起身，真砂女婆婆開心的笑了。

「太好了，我們大家一起去吧！」

因為真砂女婆婆說要順道去藥局，所以拓海他們先到八重奶奶家去。

辦公室的門是開著的。

三人異口同聲的打了聲招呼，然後一邊走進屋內，結果，在辦公室裡的是一個穿著西裝的高個兒男子，他是之前在這裡找保險文件和土地所有權狀，那個疑似詐騙集團的男人——羽根岡。

「原來是你們呀！」羽根岡帶著笑容分別向拓海他們打了招

呼，他還是和之前一樣，感覺非常開朗，給人很好的印象。

爸爸說過：「就算能給人好印象，也未必就很善良。」

拓海一邊想著爸爸說的話，一邊用強硬的語氣盯著羽根岡的眼睛說：「你在這裡做什麼？」

「做什麼？八重女士請我幫她看家。」

「八重奶奶在哪裡？」風香語帶不悅的問。

「八重女士說，衛生紙用完了，她要去買。」

「啊……衛生紙，我們已經帶來了。」

草介宛如嘆氣般的小聲說道，同時「咚」的一聲，把雙手中成串的盒裝面紙和衛生紙放在辦公桌上。

「你們剛好錯過了，是八重女士請你們幫忙買東西的嗎？」

「不，這些是照顧八重奶奶的人買的，我們拿過來而已。」

風香回答，她重新抱緊了手上的塑膠袋，一邊四處張望。

「請問冰箱在哪裡？」

「冰箱在後面。」

羽根岡用手指向放置在書架旁的小流理臺附近，拓海和風香打開放在那裡的小冰箱，一個勁兒的把裝在塑膠袋裡的魚、牛奶、優格等塞進冰箱。

「你們真是了不起。」羽根岡看著拓海，感動的說。

「你們才剛剛認識八重女士吧？竟然願意擔任志工來照顧鄰近的弱勢奶奶，真是好孩子，我小時候從沒想過要照顧別人。」

「我們不是志工。」拓海搖著頭小聲的說。

可是，被別人這樣稱讚，還是不禁讓人內心竊喜。

「我從學生時代開始就對半次郎先生的作品很感興趣，那個時候，我常常到這裡來聽半次郎先生說話，他去世之後，我有段時間沒來，最近又開始和八重女士碰面，我看她的樣子不太對勁，有點擔心。不過，有你們這樣的孩子在，我就稍微放心了。對了，我讓你們看樣好東西，到這裡來吧！」

羽根岡突然掉過頭，快步朝著辦公室後方走去。那是前往半次郎先生工作坊的方向。

「咦？什麼？什麼好東西？」

拓海他們眨了眨眼睛，同時快步跟在羽根岡後面。

羽根岡穿過半次郎先生的工作坊，這裡擺放了工具和木材，打開位於盡頭的門之後，便到了屋外，那扇門是通往外頭的後門，出了後門，眼前是一棟小型獨棟木造平房。

「這裡是八重女士的小屋，以前，半次郎先生的徒弟就住在這裡，但現在只是一間空屋。」羽根岡沒有回頭，自顧自朝著前方說話。

房屋外牆的木材已經斑駁，屋頂瓦片間長滿了雜草，窗戶上胡亂釘上了木板，完全就是一間廢棄的房屋。

「要進去嗎？」草介猶豫的問。

「對啊，裡頭有好玩的東西。」羽根岡笑著回答，並開始轉動大門的把手。

「怎麼辦？」拓海來回看著風香和草介的臉。

「雖然不知道那個人在想什麼，但應該不會對我們做什麼奇怪的事吧？而且，這間房子也是八重奶奶的，總覺得裡面應該有些特別的東西。」風香說。

草介深深吸了一口氣說：「我也很好奇，怎麼辦？」

「萬一覺得可能發生危險，我們就馬上逃走，只要大聲叫喊就可以了。」拓海指著道路對面。

廢棄小屋面對窄巷，在相隔不遠的對面，一樓是做皮製品加工的小型工廠。工廠前面有三、四個人正在忙著搬運紙箱、確認物品，如果從屋子裡頭賣力的大聲叫喊，那些人一定聽得到，應該會馬上跑過來。

拓海他們互相點了個頭，確認沒有問題之後，便跟著羽根岡的腳步，走進那棟廢棄的屋子。

窗子雖然被木板遮住，但從狹小的隙縫可以看到微弱的陽光射進屋內。然而，即使如此，屋子裡還是有點陰暗，羽根岡打開門口旁邊的開關，屋子的電源是接通的，明亮的燈光瞬間點亮，雖然積了層薄薄的灰，但並不如想像中那麼破舊。

拓海鬆了一口氣，他站在門口查看屋子裡頭，入口臺階的後方是一整條閃閃發亮的木頭走廊，小小的廚房、浴室和洗手間等廚衛設施都集中在走廊的左邊，房內的格局就像以昭和時代為背景的日本連續劇中會看到的。走廊的右側有著格狀拉門，拉門半開著，可以看到裡頭的榻榻米房間。

「我之前徹底打掃過了，所以沒有太髒。」羽根岡一邊拖鞋，一邊對拓海他們說。

「這裡是八重奶奶的家吧？可以擅自跑進別人家裡嗎？這應該是非法入侵了！」脫下球鞋踏上走廊的草介，一邊窺探和室內的模樣一邊說著。

「哎呀，這樣說多難聽，我可是受了八重女士的託付呢！」

羽根岡聳了聳肩說。

「真的嗎？我有點懷疑……」草介咄咄逼人的說。

站在一旁的風香開口詢問：「對了，羽根岡先生，你想讓我們看什麼東西？」

「在房間裡，是很棒的收藏品。」

「收藏品？」

拓海等人走進和室，那是兩個相連的房間。兩個房間以拉門隔開，眼前這個三坪大的房間內有張圓形矮桌，以及嵌上玻璃門的華麗裝飾架，架子的大小超過一張榻榻米。打開的拉門後面是一個四坪的大房間，靠牆的地方有一個佛壇，家具類的東西大概就這些了。

在這個空無一物的房間裡，那個格外醒目的裝飾架上，排放著五顏六色的擺飾，有不倒翁、芥子娃娃[6]，以及老鼠、牛、老虎、兔子、猴子、熊、馬等各式各樣的動物玩偶。

「這是什麼？」拓海問，羽根岡打開玻璃門，拿出一個貓的擺飾。

「這些都是日本的鄉土玩具，這裡收藏了全國各地製作的東西。」

「鄉土玩具？」

「就是各個地方從以前流傳下來的古老玩具，這些都是依照口耳相傳的方法製作而成的，有些東西是做來祈求生病的孩子快速痊癒，或是作為除災去厄的護身符，也有些是用來保佑全家平安、生意興隆、事業順利，各有不同典故，因為受到大家的喜愛而不斷流傳下來。這個，你們應該知道吧？」

羽根岡讓拓海他們看放在自己手掌上的白色小貓，那

6. 源於日本東北地區的木偶，無手腳，只有簡單的肢幹及刻意放大的頭部。

是隻舉起右手，且不斷招手的白貓，貓的脖子上畫了紅色的項圈，項圈上還有鈴鐺。

「當然知道，這是今戶神社的招財貓對吧？」拓海立刻回答。

今戶神社位在小學生常去的運動中心附近，因為可以祈求姻緣，所以非常有名，走在小鎮上，偶爾會遇到想前往造訪的觀光客來問路。

「這個泥土做的招財貓，是以一種名叫今戶燒的工法燒製而成的，今戶燒在這個小鎮從古代流傳到現在，從距今四百年前開始，除了我們平常使用的飯碗、瓦片、花盆之外，也用來製作小孩喜歡的人偶或土牌等玩樂用的東西。」

「原來如此。」

這隻招財貓竟然有這樣一段歷史，拓海專心聽著羽根岡說的話，心裡不禁感動了起來。

「這裡的每一件鄉土玩具都包含了土地的歷史、傳統，以及對故鄉的愛。不過，現在已經沒有這種傳統工匠了，很多東西都沒辦法再製作了，有好幾種珍貴的玩具都再也找不到了。」

「如果拿去鑑定，是不是值好幾十萬？」

草介彷彿在估價一般，動也不動的盯著木頭做成的猴子說。

「嗯，現在鄉土玩具的收藏家很少，標出來的價錢也都不一樣。不過，這些東西原本就是做來讓孩子們拿在手上玩的，與其擺在玻璃櫃中，我覺得還不如讓像你們一樣對傳統工藝有興趣的孩子把玩。」

拓海第一次遇見羽根岡時，八重奶奶介紹他們是「來學習傳統工藝的孩子」。雖然事實並非如此，但羽根岡好像就這麼相信了，所以才會想讓拓海他們看看一直放在這裡的鄉土玩具。

「為什麼這裡有這麼多種玩具？半次郎先生是收藏家嗎？」

說話的同時，拓海手上拿的是一隻木頭雕刻的鯨，鯨的腹部下方有兩個輪子，用手一壓就會「喀啦喀啦」的轉動。

「我問過八重女士，原本是半次郎先生的徒弟把鄉土玩具從自己的家鄉拿過來擺在這裡。後來，在這裡出入的生意人或附近鄰居等各式各樣的人，也把他們故鄉的傳統玩具拿了過來，也有些是在旅行時買的，然後就累積越來越多。」

「所以才有這麼多玩具……啊！這個會動！好可愛呀！」

風香發出驚喜的叫聲，她把手上的玩具拿給拓海他們看。

那是一個把屋頂做成風車的玩具，在風車下方的臺子上，各有一隻貓和老鼠玩偶，只要一吹氣，風車就會轉動，臺子也會開始旋轉，看起來就像貓在追著老鼠跑。

「沒錯，也有很多帶有機關設計的玩具。」

說著，羽根岡選了幾樣機關玩具放在矮桌上。

只要一拉線，就會開始移動木棒來敲打麻糬的木製兔子、只要彈一下竹棒，就會輕輕活動頭部和尾巴，開始啄著盤子的老鼠、讓放在竹片上的人偶，可以輕快跳起的玩具、用扇子搧一搧，就會輕輕飄起的紙老虎……

雖然原理很簡單，做工也非常質樸，但動作和表情都非常可愛，光是看著它們就不禁要發出微笑。

拓海他們一邊聽著羽根岡對每一種鄉土玩具的說明，一邊開心的玩著。

這時，羽根岡問拓海他們：「你們知道『機關』的意思嗎？」

「有零件可以操控活動的器械、裝置，對吧？」風香說。

「沒錯，這兩個字是這麼寫的……」

羽根岡從西裝口袋拿出一個記事本，開始在上面寫字。

「機關有很多種，像是用線纏繞後拉出，也就是透過拉線來操作，也是機關的一種。」

「偶戲中使用的，就是像機關人偶這樣的東西嗎？」拓海舉手發問。

「沒錯，不過，機關和木偶不同，裝置和機關多半都藏在看不到的地方。所以，看到機關運作的人會感到驚訝，也會覺得很有趣。機關技術可以追溯到很久以前，日本在一千三百年前寫的古書裡，就有關於機關人偶的記載，在那之後，技術逐漸進步，江戶時代出現了很多採用日本特有技術的傑作。

機關不只用線來拉，也會使用齒輪、發條、水銀、水或火的力量等來當作動力，讓機關能夠運作。

日本的機關很厲害的是，多半都以木頭或鯨魚的鬍鬚等天然素材加工製作而成，人們透過這些方法做出了可以送茶、拉弓、寫字的機關人偶……」

可以送茶的人偶，不就是風香的送茶人偶嗎？

專心聆聽羽根岡說話的拓海等人互看了一眼，這時，原本關上的拉門突然打開了。

「太好了！你們一直在這裡嗎？」

一邊睜大眼睛、拍撫胸口，一邊走進房間的是真砂女婆婆。

「東西明明已經放入冰箱，卻看不到你們的人影，然後辦公室的門就這樣開著，但你們又不可能什麼都沒說就直接走人，我還以為發生了什麼事。」

的確，他們完全忘了真砂女婆婆，也許是因為真的很擔心，婆婆的表情看起來有點不悅。

「對不起。」三人一起鞠躬道歉。

「算了，幸好沒發生什麼事。我剛剛碰巧在藥房遇到八重姊，所以一起回來了……你是誰？」真砂女狠狠瞪著羽根岡，並以嚴厲的語氣質問他。

「您好，我叫羽根岡，承蒙八重女士的照顧……」

真砂女婆婆打斷羽根岡的話，突然開始連珠砲似的斥責：

「我姓北本，是八重姊的結拜妹妹，我有聽這些孩子說過你的事，他們說你想騙八重姊，我才不會讓你得逞，你趕快給我滾。不用辯解，以後不要再來了！」

面對真砂女婆婆的氣勢，羽根岡完全無力招架，直接被趕了出去。

「也不用說得那麼難聽呀！」草介開口抗議。

「那個男的不是想騙八重姊嗎？」真砂女婆婆還是很激動。

「他確實說過要帶保險文件來，也試圖要找土地所有權狀，但我們還不確定他是不是騙了八重奶奶。」風香也替羽根岡說話。

今天的羽根岡教了拓海他們很多東西，就像是一個溫柔的老師，拓海也不知道他究竟是不是壞人。

「算了，把這裡收拾乾淨之後，到對面的辦公室，我買了蜜豆冰，大家一起吃吧！」真砂女婆婆深深吸了一口氣，指著散亂四處的玩具說。

在八重奶奶家吃了蜜豆冰後，三人約定，等人偶修理好後再碰面，然後就各自回家了。

第六章

送茶人偶

「準備好了嗎？再來一次！」

這裡是風香家的客廳，拓海的外公花了兩天的時間，把機關人偶完全修理好，拓海向外公學了讓人偶活動的方法，現在正在風香和草介面前表演如何操作送茶人偶。

拓海撩起人偶身上的和服，捲動裡頭的發條，然後慢慢把裝了水的小茶杯放在人偶手中的托盤上，當然，之前掉落的手也已經裝上去了。

喀噠喀噠，喀噠喀噠——

穿著白色分趾鞋的左右腳前後移動，人偶不斷前進，完全就像是真人一樣小心翼翼緩慢步行，彷彿怕把茶打翻似的。

風香和草介坐在距離拓海約一公尺的地上，等待著人偶。

人偶終於走到風香面前，風香輕輕拿起茶杯後，人偶也同時停下腳步，風香一口氣把水喝個精光，將空杯放回托盤上，然後，人偶慢慢轉身，朝著來時的方向走去……

人偶回到拓海身旁後，風香和草介熱烈鼓掌。

「太厲害了，真了不起！」

「今天的表演就到此結束。」說著，拓海有點擔心的查看了一下人偶內部。

這已經是他第五次讓人偶送茶了，外公雖然已經把人偶修好，但如果操作的次數太多，說不定會壞掉。

「哇！真的太有趣了。」草介慢慢靠近拓海。

「我雖然知道爸爸非常珍惜放在盒子裡的人偶，但他從來沒有讓我看過，我一直以為只是一個舊人偶，沒想到這麼厲害！」

風香開心的說。

「可是，媽媽也不知道爸爸是怎麼得到這個人偶的。」

「我有拜託外公，請他去打聽是否有人認識人偶原先的主人，也就是那雙人組魔術師，可是，因為那個團體幾十年前就解散了，現在早已不知去向。」

拓海的外公說，曾經在魔術表演中看過同樣的人偶，如果能夠找到那個魔術師，向他打聽一下，說不定就可以解開風香已逝的父親，為什麼會有這個送茶人偶的謎題了，因此，拓海之前就拜託外公幫忙調查。

「但這個人偶已經修好了，這樣就夠了吧？」

「以前的人竟然可以想出這樣的機關，實在很讓人驚訝。」

草介說著，一邊查看人偶的和服裡面。

拓海解釋：「裡頭由好幾十個零件組合而成，外公說，為了

送茶人偶

〈人偶的行動模式〉

① 把茶杯放在托盤上，人偶就會開始走路。

② 拿起杯子後，人偶就會停下腳步。

③ 把杯子放回去後，人偶會轉身，朝著來時的方向走去。

讓人偶可以像真人一樣活動，製作時必須仔細調整許多零件。」

「羽根岡先生讓我們看的機關玩具，也很有意思。」草介說。

「雖然結構很單純，卻可以做出讓人意想不到的動作。」拓海也點頭表示贊同。

「只要稍微拉動或彈一下繩子，就會跳起來或不停轉動。對了，草介做的白色蝴蝶也是很有趣的機關。」

「什麼白色蝴蝶？」風香疑惑的問。

「是草介做的暑假美勞作業，雖然是用紙做成的，但只要轉動轉軸，蝴蝶就會拍動翅膀，是一個機關作品。」

「哇！好想看。」

「好啊，下次拿給你看。」

「謝謝，另外，真的要謝謝拓海的外公幫我修好人偶。」風香一邊摸著人偶的短髮，一邊笑著對拓海說。

「那個……我從剛才就一直很想問一件事。」草介突然開始抽動鼻子。

「什麼事？」

「我好像聞到一股魚腥味。」

「魚？」

「對，生魚的腥味。」

「啊！」風香突然漲紅了臉，她用手捂著自己的臉：「你們來之前，我在練習殺魚，魚骨頭還放在廚房的流理臺……」

「殺魚？」

「對啊，因為我們家在經營屋形船，現在正值旺季，非常忙碌。水野爸爸、哥哥們和我媽媽全體動員，我很喜歡坐船，雖然只能幫忙打掃或洗碗，依舊非常開心。前一陣子，哥哥教我準備要給客人吃的天婦羅，現在已經能熟練的切蔬菜了，但完全不會殺魚……所以，當家裡沒人，冰箱又有很多魚的時候，我就會一邊回想媽媽殺魚的動作，一邊偷偷練習，希望可以多幫一點忙。」

風香眼睛閃閃發亮，堅定的說。

拓海完全沒想過要幫家裡的忙，只有偶爾會幫忙看店，而且還有點心不甘情不願，一直到不久之前，也完全不想接近外公的工作坊，雖然曾批評過爸爸的演技和短劇，但絲毫沒想過要給點有建設性的意見。

「風香真了不起。」

拓海打從心底讚美風香，草介在一旁雙手抱胸的連連點頭，表示贊同。

「我了解風香的心情。」

「你了解嗎？」拓海瞪大了眼睛看著草介。

「太失禮了，我家可是經營了一百二十年的天井老店……不過，在這小小的區域內就有好幾十家的天井店，也不只有我家掛著老店的招牌，總之，競爭非常激烈，因為客人非常嚴格，只要味道一變差，馬上就不會上門。我爸媽和師傅們，為了做出可以讓客人打從心底滿意的美味料理，從早到晚努力工作，看他們這個樣子，我經常在想自己是不是可以做點什麼？」

「你也只是想想而已吧？」

「你嘴巴真壞，我還沒決定將來要不要繼承家裡的店。不過，我每天都有幫忙。」

「第一次聽到你這麼說。」

「在上學前，我都會幫忙學徒做開店前的打掃和樓面整理工作。」

「真的嗎？我以前都不知道。」

「這次來的女學徒非常認真，也很有熱情，假日會在自己的公寓練習炸天婦羅，就像風香一樣。對了，風香要不要到那位學徒家一起練習？」

「可以嗎？」

「她的個性非常直爽，不會有問題的，那位學徒已經在我家做一年了，像殺魚這樣的工作應該會，她一定願意教你的。」

「太好了！真開心！謝謝你！」風香感動得用雙手抓著草介的手用力揮舞。

原來草介也在認真思考如何幫家裡的忙……

拓海自暴自棄似的嘆了一口氣，他心裡光是想著自己的事，完全沒有目標，也沒有找到值得自己全心投入的事。

這時，他突然動也不動的看著眼前的機關人偶……

對了，現在不正有一件可以引起他興趣的事嗎！

「沒錯！就是機關！」拓海突然站起來大叫。

「怎麼了？發生什麼事？」草介和風香被嚇了一大跳。

拓海沒有理會他們，只是不斷重複說著：「就是機關！」

離開風香家後，拓海不斷想著以前看過的機關構造，一邊快步走向柑仔店。

他希望自己有一天也可以做出透過機關來活動的東西，該怎麼做才能辦到呢？對了，如果想學製作東西的技術，自己身邊不就剛好有一個最適合的老師嗎？

那個人就是用手工打造木頭玩具的外公，在外公的工作坊，不管是工具或材料一應俱全，現在就到外公那裡，問他可不可以偶爾到工作坊幫忙吧！

正當拓海想著這件事，一邊將頭抬起時，他看到兩名男子進入前方不遠處轉角的咖啡店。

那是區議會議員麻由野太敷和土地開發公司的若月！不知道八重奶奶的事進行得怎麼樣了？他們有沒有去調查羽根岡先生，確認他究竟是不是壞人？

對了，現在去問問看好了，也讓他們知道已經找到八重奶奶的土地權狀，現在就放在拓海家……

拓海的腦袋裡反覆想著這些事，就在他將咖啡店的門拉開到一半時，耳裡傳來麻由野低沉的笑聲。

「哈哈，若月，你想的點子太棒了！那個老太婆連自己的先生已經死了都不知道，應該會照我們說的來蓋章，如果拿到老太婆的土地權狀，就可以用市場行情的半價來購買。雖然很可憐，希望她可以把這件事當成是對小鎮發展的貢獻。」

咦？他們在說什麼？

拓海不敢相信自己的耳朵，麻由野講的那些話，怎麼聽都不是為區民利益著想的議員該說的，只像是打算欺騙老奶奶的壞蛋會說的話。

那位「連先生死了都不知道」的婆婆，指的是八重奶奶嗎？

而且他還說「只要能夠拿到土地權狀，就可以用市場行情的半價來購買」這種話……

這究竟是怎麼回事？

拓海宛如從半開的門滑入般，快速進入店內，他蜷著身子躲在大門旁的大型觀葉盆栽後面。

「麻由野先生，你說得太大聲了。」那是個頭很小，看起來

很認真的若月說話的聲音，他似乎在警告麻由野。

「有什麼關係，又沒有其他客人。」

「可是，還有店員呀！」

「只有在後面廚房那位上了年紀的老闆而已，別擔心。」

「那就好，總之，如果可以依照計畫中的價格買下那塊土地，開發就能在我們的手上順利進行。」

「如果真的可以實現，不管是小鎮、建築業者，或是我，都能得到好處。當然，你的公司也能撈到一大筆油水。」

「沒錯，不過，我們已經去拜訪好多次，想討好老奶奶，但她好像不知道權狀和證書放在哪裡。而且，其他土地開發業者也採取行動了，如果國內的大型土地開發公司也插手的話，他們應該會向老奶奶提出用市場價格來收購的方案。所以，我們必須盡快搞定這件事。」

「這得想想辦法，趁老奶奶不在時，去她家找找看吧？你是個值得期待的年輕人，也差不多該跟公司報告好結果了，我們就用這個案子賭一把吧？」

這是怎麼回事？拓海他們相信的麻由野和若月，竟然才是欺騙八重奶奶的罪魁禍首！

拓海越想越生氣，他豎起耳朵，同時用力咬住下嘴脣。

「對了，麻由野先生，希望您可以再看一下估價單……」

當文件「沙沙沙」的被攤開時，咖啡店老闆一邊打哈欠，一邊慢慢從後面的廚房走了出來。

拓海蹲著身子悄悄把門推開，避免讓老闆和麻由野他們發現，一走出屋外，他便死命的向前跑。

第七章

機關鬼屋

拓海、風香和草介三人，躲在真砂女婆婆辦公室角落的屏風後面，屏住氣息動也不動，真砂女婆婆和麻由野太敷則面對面的坐在屏風另一頭。

「老師，上個禮拜非常感謝您。」麻由野以低沉的聲音向真砂女婆婆道謝。

「您之前叮嚀我『星期三要注意西邊的方位，如果要去，晚上不要在外面走動』，真的太準了！事實上，星期三我在大阪有個聚會，我想起老師說的話，婉拒了晚上的宴會，後來我才知道，有一位不知為何對我懷有恨意的建築公司老闆也出席宴會了，如果我們碰面那就糟了，您真是幫了大忙。」

「是嗎？那太好了。」真砂女故作鎮定的說。

「老師的占卜總是那麼靈驗，所以才會這麼受歡迎。今天也希望請老師給我一點指引，我的意思是，想請您幫我算算這禮拜的財運，因為最近說不定會有大生意上門。」

「好的，請您看著水晶球……」

知道麻由野和若月想欺騙八重奶奶之後，拓海便打電話到真砂女婆婆的辦公室，要找她商量，結果，他們意外知道了另一件事，那就是麻由野是真砂女婆婆的客人，每個禮拜一定會前往真砂女婆婆的辦公室，請真砂女婆婆幫他占卜。

「如果是麻由野，應該是沒有想太多，才會欺騙八重姊吧？」

電話中，真砂女婆婆的聲音微微顫抖。

「他骨子裡並不是個壞人，只是太熱衷推動地區開發，一說到小鎮的發展就腦子發熱，也不管是否會傷害到別人。拓海，你有聽到他們說希望能夠得到土地權狀，對吧？」

「對，他們的確是這麼說的。」

「我猜他們說的應該是八重姊的土地，不過，最好是確認一下，麻由野有預約明天下午兩點要來占卜，到時候，我再仔細問清楚。」

「我們也要去。」

「為什麼？我一個人就夠了。」

「因為我們很想知道他說了什麼，明天兩點對吧？我們三個人會一起過去。」

如果麻由野是一個人或兩個人來，真砂女婆婆應該有足夠的力氣對付，不過，畢竟婆婆年紀也不小了，萬一麻由野惱羞成怒，做出什麼糟糕的舉動，那就不好了。雖然不知道三個小孩是否能夠幫上忙，但至少比半個人都不在來得強，想到這裡，拓海決定堅持到底。

「好吧，那就隨便你們，不過，你們不能被發現。」

也因此，此刻，拓海他們動也不動的躲在真砂女婆婆的辦公室角落。

不一會兒，傳來了真砂女婆婆的聲音。

「嗯……我看到了，是樹，我看到樹了。」

「樹嗎？」麻由野問。

「不，是木材，木材，鋸子、刨子……還有木箱、衣櫥、小桌子……」

「對！就是那個，就是它！」

「您有想到什麼嗎？」

「嗯，想到很多，請繼續！」

「在很遠的地方可以看到紙張，這是什麼，上面寫了字，但看不清楚。好像是證書之類的東西……啊！跑到對面去了。」

「老師！那就是我現在在找的東西，現在在哪裡了？」

「我現在看到沙漠。」

「咦？沙漠？」

「廣大的沙漠上有推土機……」

「不要開玩笑了，我沒有在開發沙漠，老師，我現在參與的是觀光飯店的興建。」

「飯店？」

「是的，我想在這個小鎮蓋一棟富麗堂皇、不讓我們這個觀光大國丟臉的飯店，老師您千萬不要告訴別人，我現在看上的是附近某一位地主的土地，如果把它弄成空地，那面積又更大了。只要能夠說服那個地主，應該就有辦法搭建，而且，順利的話，還可以讓價格變得很便宜。老師，您知道剛剛看到的那張像證書一樣的東西在哪裡嗎？」

「那個地主是男的還是女的？」

「是女的，是個八十歲的老太太。」

「我看到老婦人和女孩子，她們在哭，她們用很小的聲音哭著說，被騙了。」

「請不要這麼說，我沒有要騙人，因為那位地主一個人獨居，生活陷入困境，我們是想把她送到養老院去讓人家照顧，這是社會福利活動的一環。」

「所以才把土地價格設定得非常低再簽約嗎？」

「我們也不是志工，我們還得把屋子裡那些不值錢的家具清理掉，這也是要付錢的。老師，您還看到了什麼？」

「沒辦法，我看不到了，這麼說有點唐突，您好像被某種壞東西附身了。」

「什麼？」

「水晶球裡面不是出現了哭泣的老婦人、女孩子和沙漠這些沒有關聯的東西嗎？」

「所以呢？」

「你三天後再來一次。」

「三天後？」

「在這之前，絕對不要接近那塊土地，附在你身上的可能是地縛靈或土地的冤魂，請暫時忍耐一下，我先來幫你驅魔。」

「好，我知道了，三天後對吧？我一定會來的，謝謝您。」

隨著麻由野的起身，椅子發出聲響，而後，大門「砰」一聲的關上。

「呼！人已經走了，你們可以出來了。」

聽到真砂女婆婆的聲音，拓海他們放鬆緊繃的神經，從屏風後面走出來。

「他們果然想騙八重奶奶呢！」

拓海一臉嚴肅的對真砂女婆婆說，真砂女婆婆從麻由野口中問到的內容，可說是證明了一切。

「我一直忍著不要發飆，實在是太折磨人了。」真砂女婆婆揉了揉自己的肩膀，喘了一口氣。

「實在太可惡了！那個姓若月的土地開發公司員工，之所以對八重奶奶這麼好，也是有企圖的。我還以為他是一個腳踏實地的人。」風香不開心的嘟起嘴巴。

7. 因為特別的裡由而長駐在某塊土地上的鬼魂。

「而且，他還說半次郎先生的作品是破爛東西。」拓海無法壓抑自己的怒氣。

「可是，如果那裡蓋了大飯店，就會有更多外國觀光客，小鎮也會得到好處。」草介看著水晶球，兩手開始摸了起來。

「就算這樣，如果讓八重奶奶犧牲，造成她的損失，那也說不過去。」拓海曉以大義般說著。

「而且，如果要振興小鎮，可以用正當的方法來公平競爭。這種作法實在太卑鄙了，想購買八重奶奶的土地，卻利用她頭腦不太清楚的時候，真的太過分了！」

「這倒也是，我也反對讓他們為所欲為，一定要想辦法阻止。」草介也同意拓海說的話。

「阻止當然是要阻止，如果沒有好好懲罰，把他們罵個狗血淋頭，我怎麼嚥得下這口氣。」真砂女婆婆非常激動。

「我們知道您的感受，我們不會把八重奶奶的土地交給他們的，而且，還要訂出一個懲罰他們的計畫，不過這得準備一下，麻由野要三天後才會再來，我想應該還來得及。」拓海斬釘截鐵的說。

「我這樣做應該還可以吧？」真砂女婆婆看著拓海問。

「你們要我確認一下，他們是不是在謀畫八重姊的事，然後讓他三天後再來一次，我已經完全照做了，沒錯吧？」

「非常完美。」拓海點點頭。

「事實上，我曾經針對八重姊這件事試著占卜，不管怎麼試，都出現了『把這件事交給孩子們』這個結果，我想這裡的孩子指的應該就是你們。」

「真的嗎？」

「雖然交給孩子也有點奇怪，但我發現，這件事因為有你們在，所以往好的方向發展，所以我要再次拜託你們了。」說完，真砂女婆婆鞠了個躬。

「對了，如果你們有訂出任何計畫，可以告訴我嗎？」

風香和草介互看了一眼，他們用眼神詢問拓海，拓海還沒有把計畫告訴風香和草介兩人。

拓海對風香和草介使了個眼色後，笑著對真砂女婆婆點點頭：「請再等一下，我們一定會成功的。」

走出真砂女婆婆的辦公室後，拓海為了跟風香和草介說明自己想到的計畫，決定順道去一趟柑仔店。

媽媽一看到拓海，就說要去買東西，麻煩他看店，一如往常的，店裡沒有半個客人，小貓阿九可能去散步了，完全不見蹤影。

風香和草介在櫃臺前的雙人座位上，開始看起筆記本。昨天晚上，拓海把苦思到半夜的「八重奶奶營救計畫」寫在那本筆記本上。

當拓海把筆記本攤開，詳細說明自己想出來的計畫時，風香和草介都聽得眼睛發亮。

「真不錯！」

「一定會成功的！」

「未來三天，我們一定要努力。」

「沒問題！」

草介站起身來，兩手向上舉起，擺出「萬歲」的姿勢。

四天後的禮拜天——

「麻由野先生，是這家沒錯吧？」

「是北本老師告訴我的，這裡的佛壇似乎有點不一樣。」

「沒錯，之前來看這間房子時，後方好像有個佛壇。」

「應該就是那個吧？當時要是有仔細查看就好了。」

這裡是以前半次郎先生的徒弟所居住的屋子，如今無人使用已經廢棄了，而在門口前偷偷摸摸交談的人，正是麻由野太敷和土地開發公司的若月。

現在是晚上六點多，太陽即將西沉，今天是星期天，沒有人上班，小巷中幾乎不見人影。

為了請真砂女婆婆占卜，查出權狀的去向，昨天麻由野再次造訪真砂女的辦公室，婆婆告訴麻由野，要找的東西應該在這間廢棄房屋的佛壇。

「占卜師說不可以一個人去，一定要在今天六點，兩個男人一起去。」

「所以你才把我帶來？」

「因為占卜師說如果不這樣做，就會被更可怕的幽靈附身。」

「幽靈？麻由野先生，你剛剛說『更可怕』，難道你現在已經被附身了？」

「好像是這樣，我的左肩感覺非常沉重，也一直做惡夢。」

「不要說了，我最怕那種東西了，要不要下次再來？」

「不行，別擔心，占卜師有給我一些指示。」

「真拿你沒辦法，那我們走吧！」

若月不再掙扎，他打開玄關的門，屋裡一片漆黑，和拓海他們前幾天來的時候截然不同。

「沒有燈嗎？」

「好奇怪，應該有啊！」

若月按了好幾次玄關的開關後，走廊後方亮起幽暗的燈光。

「燈亮了，我們走吧！」

「可是，我開的是玄關電燈的開關，但這個燈沒有亮……」

「不要發牢騷了，趕快把事情辦一辦。」

麻由野催促滿心疑惑的若月，穿著鞋子進門了。

「原來裡面是和室啊！」

「有兩間，好奇怪，這裡應該有四坪，但感覺小了很多。」

「喂，隔間怎樣都無所謂吧？」

「話是這麼說沒錯，你看，那邊有一個佛壇。」

進入後方房間的若月和麻由野，跑到右牆邊的佛壇前，結果，佛壇的門突然打開，佛壇內的兩根電動蠟燭也亮了起來。

佛壇裡頭有佛像、缽、香爐、牌位等，麻由野注意到佛壇下方的抽屜，他粗魯的用力一拉。

「在這裡！」

抽屜深處似乎有一個信封，當麻由野想把信封拿出來時，走廊的燈和佛壇的蠟燭全部熄滅，四周陷入一片漆黑，剛剛開著的玄關大門也「砰」一聲的關上了。

「這是怎麼回事？」

「如果門窗關不緊，有時就會被風吹動……」

「現在哪有什麼風！你先看看這燈該怎麼辦，黑漆漆的，連自己的手也看不到。」

「這我有什麼辦法……燈亮了！咦？是燈籠？」

不知何時，房屋後方放了一個點亮的燈籠，跟中元節時用的一樣，那是一個畫了花朵圖案的燈籠。在燈籠前方有一個穿著浴衣、留著長髮的女孩，低頭坐著。

「那是什麼？」若月一邊後退，一邊悄悄的輕聲問麻由野。

「是個女孩。」麻由野和若月一樣往後退，一邊用發抖的聲音說。

「看也知道是個女孩，為什麼這個地方會出現女孩？剛剛明明就不在這裡！」

「難道真的出現了？其實占卜師有說過，如果在這間屋子看到女孩子，要乖乖聽她的話。」

「這是怎麼回事？」

「如果不聽她的話，她就會變成附在我身上的冤魂。」

「你的意思是說，那孩子是幽靈？」

「有可能……」

「我要回去了。」若月想打退堂鼓。

「等一下，如果聽那孩子的話，說不定就可以拿到東西了。」

麻由野用力抓著若月的雙肩，用下巴往佛壇的方向指了一下。

「或許有這個可能，但是……」

麻由野和若月不斷爭吵，這時，微暗的房間開始響起某種低沉的聲音……那是和尚誦經的聲音。

「我不行了，竟然還有背景音樂！」若月哭哭啼啼，軟弱的蹲了下來。

「沒問題的，土地權狀就在眼前。」

當麻由野自言自語的叨唸時，女孩開始發抖，嗚咽不語。

麻由野嚥了一大口口水，他輕聲細語的向女孩說：「小妹妹，我想跟佛壇的菩薩請安，可以嗎？」

「可以啊。」女孩低著頭，以毫無生氣的聲音回答。

「太好了，那……」

當麻由野戰戰兢兢的踏出步伐時，女孩馬上站了起來，手上還拿著茶色的信封。

「叔叔，你要的是這個嗎？」

「對！就是它！」

麻由野伸出手後，茶色信封突然飄向空中，開始在屋子裡旋轉飛舞。

「這怎麼回事？」

「叔叔，請坐在那裡。」

「咦？」

「你坐下就是了。」

麻由野想起真砂女曾經指示他，千萬不能違逆女孩的意思，他一邊盯著茶色信封，同時端正的坐著。

「我來泡茶。」

女孩說完後，一個人偶伴隨著機關與走動的細微聲響，慢慢走近麻由野身邊，人偶手上的托盤放著一個小小的茶杯。

「只要你把那杯茶喝完，我就把東西給你。」

「我知道了，只要把它喝掉就可以了，對吧？」

當麻由野下定決心般拿起茶杯後，人偶馬上停止動作。

麻由野皺著眉頭，把茶杯湊近嘴邊……但是，當他把茶含入口中後，便立刻吐了出來。

「這是什麼！好苦啊！」麻由野露出痛苦的神情，把手上的茶杯丟在榻榻米上。

「太可惜了，東西不能給你。」

燈籠的光線突然變暗，在空中飛舞的茶色信封，以及人偶全都消失在黑暗中，女孩的身影也不見蹤影。

「可惡！」麻由野搥胸頓足。

這時，突然有個東西從天花板掉了下來，麻由野看到剛剛那個孩子……嗯？那孩子的身高不知為何突然多出一倍！

「因為叔叔說謊，不能原諒。」

「沒這回事，我沒有騙過人。」

「騙子！」

女孩放聲大叫，同時，燈籠的光線開始忽亮忽暗，屋子出現震動般的聲響。

「啊——」若月發出悲慘的尖叫，他緊緊抱著自己的頭。

「喂，你振作一點！」麻由野訓斥若月。

突然又響起了「啪噠啪噠」的聲音，那個體型大一號的女孩，這回變成了一個可怕的獨眼禿頭妖怪。

「哇——」麻由野終於嚇壞了，他一屁股跌坐在地上。

禿頭妖怪以嚴厲的語氣恐嚇麻由野他們：「聽好，不要再接近這塊土地了。」

「救命！」

「聽到了嗎？不要再來了，還不快滾！」

「知道了！」麻由野和若月連滾帶爬的逃離了那間屋子。

沒多久，廢棄屋的燈亮了。

拓海、風香和草介圍成一圈，開心的活蹦亂跳。

「太好了！非常成功！」

拓海想出的計畫執行得非常成功，這個計畫不僅可以保護八重奶奶的土地，還能懲罰麻由野他們。

這個計畫善用了機關的機制，將八重奶奶的小屋改造成鬼屋，然後，威脅麻由野別再想著要奪取八重奶奶的土地。

他們在四坪大的那間佛堂，用硬紙板做出隔間牆，打造出一個拓海、草介和穿浴衣、假扮成女鬼的風香藏身的空間，這也是為什麼若月會覺得房間很小，然後，拓海和草介再從藏身的空間內，操作先前準備好的機關和燈光。

茶色信封在空中飛舞這一招，參考的是之前看過的鄉土玩具

「老鼠風車」，他們用厚紙板做出直徑約一公尺的圓環，把紙做的風車綁在圓環上，再將做好的厚紙環從天花板垂吊下來，用橡皮繩把茶色信封綁在圓環下方，最後，把吹風機綁在柱子的高處，這樣，當吹風機的風吹到風車的葉片時，紙環就會不停轉動。

至於負責送茶的，當然是風香的送茶人偶，麻由野吐出的苦茶，是用果汁機將苦瓜打碎再摻入熱水製作而成的。

而讓女孩子變身為禿頭妖怪這個機關，是拓海的外公提供的點子，他們將剪開的紙張組合起來，只要拉動紙張的一角，原本的那張畫就會瞬間切換成其他的畫。

為了不讓陽光從廢棄屋的牆壁隙縫照進來，他們貼上膠帶讓屋子變成一片漆黑，再調整燈光，營造出該有的氣氛，此外，也考慮了音響效果，從設計、材料收集，到美工，總共只有三天的時間作業。

這三天，拓海他們成天都聚在廢棄屋裡，全神貫注的工作。

拓海把自己設計的圖案畫出來，草介和風香則負責將道具做出來，在最後的收尾階段，拓海也加入製作，他的手並沒有突然變得很靈巧，所以製作時不是非常順利，偶爾手會被小刀割到，對細微的作業也會覺得很不耐煩，但風香和草介並沒有責備他，大家同心協力把工作完成。

不過，想瞞著大人做出這些讓人驚嚇的東西，光靠拓海他們的力量是不夠的，所以風香的哥哥們，以及拓海的外公都在不同地方幫他們許多忙。

因為大家的協助，他們才能巧妙的成功完成計畫，如此一來，麻由野他們應該不會再對八重奶奶的土地有非分之想了！

開心歡呼的拓海等人身後，突然出現微微的乾咳聲，回頭一看，站在那邊的是真砂女婆婆。

咦？真砂女婆婆之前明明用遺憾的語氣對他們說，因為有一

讓女孩變身為禿頭妖怪的機關
在這個空間操作各種機關
厚紙板隔間
草介
風香
送茶人偶
加了苦瓜的苦茶
拓海
吹風機
讓信封在空中飛舞的機關

個無法拒絕的工作，所以無法來到現場，怎麼突然出現了？

「我快速讓工作告一段落後便衝了過來，到這裡的時候，你們已經進行到一半了，我躲在走廊的紙門後面看你們做的這一切，感覺非常痛快，謝謝你們。」

真砂女對著拓海他們深深鞠躬道謝。

「麻由野他們連滾帶爬的跑掉了！」草介驕傲的說。

「對啊，我剛剛也有看到。」

「沒想到事情會這麼順利。」穿著浴衣的風香撥著頭髮，面帶微笑的說。

「風香的演技精采極了，真的很像被女孩的鬼魂附身了，好可怕。」拓海興奮的說。

「討厭，這算是讚美嗎？」

「是讚美啦！」

就在拓海他們開心交談時，一旁的真砂女婆婆驚訝的張大了眼睛，直直盯著放在榻榻米上的人偶，她一邊指著人偶，一邊用顫抖的聲音問：「為什麼在這裡？」說著，斗大的淚珠從真砂女婆婆的眼中滾落。

第八章

機關偵探團

「怎麼了？」

因真砂女婆婆突然迸出的淚水，而大感驚訝的拓海等人，走近放聲大哭的真砂女婆婆，想給她一點安慰。

「這件和服的圖案……一定沒錯，沒想到我還可以看到這個人偶。」真砂女婆婆蹲下身子，開始撫摸人偶的頭。

「真砂女婆婆看過這個人偶嗎？」草介問。

「嗯，豈止看過。」真砂女婆婆再度流下淚水，完全說不出話來。

風香拍撫著真砂女婆婆的肩膀，同時驚訝的說：「這人偶是我拿來的。」

「你說什麼？」

「這是我爸爸的遺物。」

「風香的爸爸？遺物？」

「是啊，我不知道爸爸為什麼會有這個人偶，但他一直非常珍惜。」

「你爸爸叫什麼名字？」

「吉岡優一。」

聽到這個名字，真砂女婆婆閉起眼睛，深深吸了一口氣，然後，她慢慢睜開眼睛，雙手用力抱著風香。

「怎麼會有這種事？我竟然可以遇見你，風香，你不要被嚇到，你……你應該是我的孫女。」

「什麼？」

這是怎麼回事？風香是真砂女婆婆的孫女？

拓海他們驚訝的眨了眨眼睛，這時真砂女婆婆坐直了身子，深深吸了一口氣，開始娓娓道來：「我現在來跟你們說說，五十年前發生的事吧！」

「我曾經是個魔術師，以『柳天齋文蝶』為藝名，在業界非常活躍，八重姊是我的搭擋，藝名是『柳天齋文女』。文蝶和文女這對雙人組女魔術師當時非常受歡迎，除了各種特殊表演，在宴會上以送茶人偶所表演的節目，也是我們的拿手好戲，觀眾也看得非常開心。從成為學徒開始，我們就像親姊妹一樣一起生活，感情非常好，搭配表演時也非常有默契。」

「啊！」拓海叫了一聲：「我外公說他年輕時，曾經看過雙人組的女性魔術師用送茶人偶來表演，人偶的和服圖案是水菖蒲和蝴蝶，和這個人偶的衣服圖案一模一樣！他還說魔術師的名字是柳天齋，所以，那兩位魔術師是真砂女婆婆和八重奶奶！」

「竟然到現在還有人記得我們。」真砂女婆婆開心的笑了。

「可是，為什麼人偶會在風香的爸爸手上？」草介問。

「唉！」真砂女嘆了一口氣：「這就是我現在要跟你們說的，你們聽我說……年輕時，我和某個客人非常要好，說好聽一點是成熟大人的戀愛，但現實並沒有那麼浪漫，過沒多久，我和那個人生了個小孩，那是一個健康的男孩，因為希望把他養育成一個優秀、善良的人，所以取名叫『優一』。我原本是打算獨力撫養這個孩子，可是，產後身體復原得很差，連自己都沒辦法照顧好，所以，我希望在身體康復之前，可以找個人幫忙照顧孩子，可是一直找不到，正當我無計可施、走投無路的時候，有人對我說想收養這個孩子，那是一對家世很好的夫妻。我真的非常苦惱，但為了優一的將來著想，讓那對夫妻來照顧肯定是比較好的安排，再加上我身邊的人也都這樣建議我，最後，我只好含淚把孩子送給人家收養。」

真砂女婆婆說得聲淚俱下，想必當時真的非常痛苦。

「那個孩子被一對姓『吉岡』的夫妻領養，然後平安健康的逐漸成長、茁壯。」

吉岡優一……正是風香爸爸的名字，聽到這個名字時，風香緊緊握住自己的雙手。

「之後又過了幾年，優一上國中時，他的養父吉岡先生與我聯絡，他說優一知道親生母親還在之後，表示想和母親見一面，所以來找我討論。我當然很想見他，想馬上跑過去，用我的手緊緊擁抱他，不過，養育他的吉岡先生對我有恩，之前我完全沒有付出，卻突然要和兒子見面，享有兒子的愛，我一想到那對夫妻的心情，就覺得自己實在太自私了……經過一番痛苦的掙扎，我決定不跟優一見面，後來，知道這件事的八重姊建議我把送茶人偶送給優一，當作他的國中升學賀禮。

當時，剛好八重姊和半次郎先生的婚事進行得十分順利。我們決定在八重姊結婚後，就從魔術師的工作退休，托這個人偶的福，我們為客人帶來許多歡樂，我和八重姊也成了家喻戶曉的魔術師。可是，我們沒有徒弟可以繼承這個人偶，所以，我心懷感激的接受了八重姊的建議，把送茶人偶送給優一，希望優一把這個人偶當成我的替身。沒想到，竟然在這個地方再次看到這個人偶……優一應該一直很珍惜它吧！」真砂女婆婆語帶哽咽，她用手輕摸著人偶。

真砂女婆婆把人偶當作國中升學禮物送給兒子，兒子的名字就叫「吉岡優一」，不僅和風香已逝父親的名字一模一樣，吉岡先生也很珍惜真砂女婆婆過去擔任魔術師時所使用的送茶人偶，這樣的話……

「換句話說，風香的爸爸是真砂女婆婆的親生兒子，風香是真砂女婆婆的孫女！」拓海大叫。

「原來是這樣！將來也要麻煩您繼續照顧我了，奶奶！」風香兩手握著真砂女婆婆的手，溫柔的對著她微笑。

媽媽有事出門去了，留拓海一個人看店，他在櫃臺上用手托著腮幫子，回想著前幾天發生的事。

阻止麻由野等人的歹念，並加以懲罰這件事，完全依照計畫進行，比原先預計的還要成功，但是，發現真砂女婆婆和風香的祖孫關係這件事，倒是完全在意料之外。

在那之後，聽說真砂女婆婆前往風香家，向風香的媽媽和水野爸爸說明整件事的始末，因為真砂女婆婆後來成了一名占卜師，在鄉下地方不斷搬家，所以和孩子的養父吉岡先生失去聯絡，不過，婆婆的第六感非常靈驗，她彷彿早已感應到兒子已經去世，雖然不確定名字，但她堅信自己應該有一個孫女。

水野家熱情接待真砂女婆婆，他們開心的說，感覺就像多了一個家人，之前，風香到福屋柑仔店來玩時，還很高興的提到，她和真砂女婆婆之後會一起去幫父親掃墓。

小貓阿九靠了過來，拓海輕輕摸著牠的背，一邊想著風香的笑容。這時，爸爸突然的把門打開，走了進來。

「沒有客人嗎？」

「嗯。」

「沒辦法，今天也很熱，阿九也一起看家嗎？那麼，我命令你擔任這家店的貓店長！」說著，爸爸從一個舊的帆布袋中拿出兩把扇子。

「好熱，好熱……」

在爸爸搧動的扇子上，不知何時出現一隻白色蝴蝶在飛舞著。不，那不是真正的蝴蝶，只是一隻用白色和紙做成的假蝴蝶，雖然是紙做的，但牠卻像真的蝴蝶一樣，隨著爸爸搧出的風，忽上忽下飄然飛舞。

「太厲害了！你什麼時候學會這玩意兒？」

爸爸專注凝視著蝴蝶，巧妙的維持平衡，同時搧著扇子，突然間，蝴蝶停下動作，飄落在地板上。

「好難啊！」爸爸搔著頭，撿起紙蝴蝶。

「前幾天，真砂女婆婆不是來我們家嗎？」

他們決定把保管的土地權狀交付給真砂女婆婆，於是真砂女婆婆前往拓海家拿取權狀。

「其實，回家時，真砂女婆婆教訓我，說我的表演實在沒有看頭，所以，我到她的辦公室去，當她的一日弟子。」

「一日弟子？」

「是啊，她說，因為她已經退休很久了，所以不收弟子，也沒辦法教授江戶風格的魔術，因為那是歷史悠久的傳統藝術，不是我這種半吊子的人可以嘗試的。不過，因為拓海幫了她的忙，所以她傳授我『蝴蝶之舞』這種厲害的傳統技藝作為謝禮。」

「原來如此，所以你才開始練習。」

「因為是很難的技藝，她說不知要練習多少年才可以在觀眾面前表演。」

「要好幾年嗎？」

「是啊，就算這樣，我還是想挑戰看看，總有一天，我一定可以練好這種技藝，讓紙蝴蝶像真的蝴蝶一樣優雅飛舞。」

「那也太厲害了！」

「她還說，為了配合這種技藝，會教我幾種可以輕鬆學會的魔術。真砂女婆婆的老朋友好像還持續在舞臺上從事表演工作，經過她的引介，下次我可以在宴會表演前做暖場演出。之前我表演的都是比較單調的獨角戲，但那只是一種自我滿足，如果客人因此不再上門，那也沒辦法。從現在開始，不管是魔術還是音樂，只要是有趣的東西我都要努力學習。站在舞臺上時，要把讓客人開心擺在第一位，之前，我忘了身為一個藝人該有的心態。」

不錯喔！真酷！

拓海緊握爸爸的手，默默點了好幾次頭，內心為爸爸加油。

突然間，店裡變得非常熱鬧，大約五名年輕女客人一起來到店裡。

「哇！是復古風的店呢！」

「好可愛！你們看，好多五彩繽紛的糖果！」

雖然看不出是高中生還是大學生，不過，因為這一群漂亮女生的出現，陰沉氣氛瞬間消散，店內瞬間明亮了起來。

「歡迎光臨！」拓海招呼客人的聲音不僅沙啞，而且還有點破音。

「啊！在那裡！」瞪大了眼睛的少女，指著拓海和爸爸。

張嘴呆站的爸爸突然挺直背脊，他乾咳了幾聲後，忍不住抿嘴竊笑了起來：「請問，你們該不是粉絲吧？」

「沒錯！我們是粉絲。」五位姐姐異口同聲的回答，她們帶著笑容走了過來。

「我在網路上看到，心裡想著一定要來看看。我是從栃木來的。」戴眼鏡的姐姐把手上的智慧型相機螢幕朝向爸爸。

「哇！特地從那麼遠的地方來！嗯？網路？」爸爸臉上帶著笑容，但表情卻略顯疑惑。

後來，戴眼鏡的姐姐毫不停留的走過爸爸眼前，把手伸向櫃臺上方。

「阿九，好想來看你喔！」

「嗯？什麼？是為了阿九而來嗎？」拓海低聲嘟囔。這時，頂著一頭褐色頭髮的姐姐把智慧型手機螢幕拿給拓海看。

「你是這家的孩子吧？怎麼會不知道呢？」

顯示在手機螢幕上的是一篇網路介紹文章……

「老街福屋柑仔店的阿九，額頭上看似數字的花紋非常漂亮！如果用手指撫摸這兩個數字，幸運之神就會降臨！這就是可以帶來福氣的『阿九』！店內的復古風也很有趣味！」

阿九和柑仔店的照片都被上傳到網路，阿九還被描述成一隻活潑美麗的貓咪。

「這是什麼？阿九？」拓海說。

「不知不覺間，我們家的店竟然被傳送到全世界。」爸爸也目瞪口呆的喃喃自語。

大姐姐們不理會呆站的拓海和爸爸，開始自顧自的展開阿九的攝影大會，阿九也就這麼乖乖站著，毫無跑走之意。

攝影大會告一段落後，五人分別買了一大堆傳統點心，然後帶著滿臉的笑容離開。

「這是怎麼回事？」

「太可惜了，不是爸爸的粉絲。」

「不用你多管閒事。」爸爸不悅的把臉撇開，隨後踏出店外。

「一定是阿九為我們帶來幸福，謝謝你，阿九。」

拓海一邊數著進帳的鈔票，一邊向阿九道謝，結果阿九「喵」了一聲，彷彿在向拓海回應著：「我收到你的謝意了。」

「得給阿九一點酬勞。」

說著，拓海從櫃臺下方拉出裝有烤海苔的罐子，這是阿九的點心，媽媽知道阿九喜歡吃烤海苔，所以特別幫牠準備的。

拓海一拿到罐子，阿九馬上提高音調又叫了一聲，同時靠了過來。

「我知道你愛吃，來，吃吧！」

阿九開始專心享用牠的烤海苔。

後來，女性客人和一對情侶相繼走進店裡，拍攝阿九的照片。臨去之前，大家都買了點心。

這是拓海第一次看到這麼多客人上門。

目送大學情侶離去後，拓海一屁股坐在櫃臺內的椅子上，這時，草介跑進店裡。

「拓海！你知道了嗎？」

「看你這樣大驚小怪的，發生了什麼事？」

「聽說八重奶奶的那塊土地要蓋旅館了！」

「什麼？該不會是麻由野他們搞的鬼吧？」

如果真是這樣，那事情就糟了！拓海慌忙的站起來，從櫃臺探出身子。

「不，聽說麻由野太敷辭掉議員了。」

「辭職？因為八重奶奶的事嗎？」

「也不是，因為他接受建築公司賄賂的事曝光，在議會上被彈劾，所以很乾脆的辭掉議員的工作。而且，聽說若月先生工作的外商土地開發公司也退出這個地區的開發，負責這個案子的若月先生被調到鄉下去了。」

「真的嗎？」

草介家經營的天井店在當地有一些光顧多年的老客人，其中有很多人在政府機關上班或從事警察相關工作，草介一定是向那些人打聽來的。

「可是，那個人看起來也沒那麼壞。」草介說。

「你說哪個人？」

「若月先生啊！」

「是啊！」拓海一邊回想若月認真的表情，一邊點頭。

他雖然無法想像商場是怎麼一回事，但應該非常辛苦，若月先生或許是急著拿出好成績，所以一時鬼迷心竅……

「不過，如果不是麻由野，也不是若月先生，到底是誰要在那裡蓋旅館呢？」

「那是這個地區的開發計畫，聽說很久以前，就已經決定要再度開發那個地區了，麻由野和若月先生的公司打算在其他公司出手前，用很便宜的價錢從八重奶奶手上買到土地，然後再用高價強迫賣給政府單位。」

「原來如此，對了，他們好像曾經在咖啡店討論這些事。」

「還有，關於那間飯店的興建都寫在這篇報導裡。」

說著，草介打開一本雜誌，把它攤在拓海眼前，那是一本商務人士看的財經雜誌，上面有著如下的報導……

於重畫區興建飯店，以傳達日本精神的傳統工藝為主題！

殘留濃厚江戶風情的老街觀光開發區將興建全新飯店，目前計畫正朝動工的方向陸續進行。因為這棟飯店將興建於具高度便利性，且具有悠久傳統與歷史的市中心人氣觀光地區，因此吸引了海外的密切關注。

其中，最受注目的就是這間飯店的概念，飯店所提出的概念是在外觀與內部設計大量採用了傳統工藝技術，以及適合地區產業的設計和設施。

飯店的設計總監，是年輕的美術工藝評論家「羽根岡真」，全力投入傳統工藝發展與傳承的羽根岡先生說：「採用了傳統技術的工藝品，原本就是為了讓人們在每天的生活中使用，飯店計畫讓工匠們嘔心瀝血製作出的工藝品，成為客人實際使用的備品，或者融入在大廳和客房等各個角落，作為室內設計的一環，進而讓人們可以在充滿傳統美感的恬靜空間中好好享受生活。」

飯店預計將設置「傳統工藝體驗空間」，可以介紹飲食文化的區塊，以及欣賞相聲、表演藝術、傳統舞蹈等特有表演藝術的公共空間。各界都期待這個飯店將成為傳承自江戶時代之老街文化的全新基地。

閱讀這則被框起來的報導時，拓海突然看到一張刊登在媒體上的照片，那張被裁成圓形的照片下方寫著「美術工藝家——羽根岡真」，不正是經常進出八重奶奶家的羽根岡先生嗎？

「這是羽根岡先生？」拓海指著照片問。

「沒錯，我也嚇了一跳，那個人果然不是詐騙集團，一定是因為要在八重奶奶的土地興建飯店，所以才尋找土地權狀。」

「羽根岡先生是飯店設計的總監？」

「是啊，會蓋成怎麼樣的飯店呢？好期待啊！所以那個人對鄉土玩具、機關才會這麼熟悉。如果要把工匠製作的工藝品拿來作為飯店的備品或室內設計，半次郎先生的作品應該也會被擺放在客房裡吧？」

拓海想起放在半次郎工作坊裡的眾多作品，不管是櫃子、小桌子、小箱子，還是裝飾架，都是半次郎先生為了讓人們使用、喜愛，發揮手藝做出來的東西。然而，卻默默被收在宛如倉庫的陰暗房間裡，沒有任何人可以看到……

不過，如果可以按照羽根岡的計畫，把它們運用在新蓋的飯店中，那些作品就可以按照製作時的目的被加以活用。如果可以受到在飯店裡使用那些東西的人青睞，說不定他們會因此對日本工藝品產生興趣，或是加以購買。

想到這裡，拓海不禁覺得這棟飯店的興建應該是一件好事。

這時，草介一邊摸著阿九，一邊沉重的說：「小鎮會不斷變化，如果那些令人懷念的東西消失了，或許會讓人覺得很失落，但如果生活在那裡的人都可以過得更有活力，我覺得進行開發也有它的好處，就算是失去某種重要的東西也沒關係。我家的店也在討論要不要改建成大樓，我爸媽堅決反對，可是將來如果我要繼承那家店，又該怎麼辦呢？把『應該保護的東西』和『應該改變的東西』放在天平兩端來選擇，真的非常困難。」

總有一天，我們可能會陷入就算會失去重要的東西，還是得選擇「應該改變的東西」這樣的情境吧？

拓海感到有些惆悵，他和草介一起默默撫摸著阿九的背。

「有人在家嗎？」

拓海站在八重奶奶家門口，他手上的包袱裡頭裝的是半次郎先生設計的小機關箱，上次借了之後一直還沒歸還。

把土地權狀從小箱子取出之後，因為拓海的外公說他想仔細查看一下箱子，所以一直沒有歸還，今天終於把它拿回來了。

過了一會兒，有人應門，「來了！」是個男人的聲音。從打開的門探出臉的是羽根岡。

「哎呀，是你啊！」

「您好，請問八重奶奶在嗎？」

「她正在睡午覺，要叫醒她嗎？」

「沒關係，不用。我只是來還東西而已，這是跟八重奶奶借的小箱子。」

「進來吧！」羽根岡接下拓海拿來的包袱，帶著笑容招呼拓海進屋。

「打擾了。」

進屋之後，辦公室的桌上有一臺筆記型電腦，旁邊有許多攤開的文件，文件旁有一把陳舊的鑰匙，那是一把約十五公分長的大鑰匙，鐵的部分已經鏽成咖啡色，手持的部分則呈現三葉草的形狀，裝飾得非常精巧，感覺就像是奇幻電影中的魔術師會拿的鑰匙。

拓海一直盯著那把鑰匙，結果，羽根岡像是要把鑰匙藏起來一般，把它塞到文件下面，若無其事的面帶微笑看著拓海。

「那是？」

「我正在製作半次郎先生的作品清單，我可以打開這個嗎？」

羽根岡打斷拓海的話，開始專注的打開包袱。

咦？明明是要問那把鑰匙是做什麼用的，難道有什麼不該問的內幕？

為了不讓疑惑的拓海產生疑心，羽根岡故意興味盎然的研究小箱子，然後對拓海說：「這東西太厲害了！我正好可以把這個小箱子也列入作品清單。」

「這不是普通的小箱子，它有一些機關。」說著，拓海快速解開小箱子的機關給羽根岡看。

「嗯，原來如此。」

羽根岡大感佩服的說：「半次郎先生的作品完全沒有破綻，如果你沒有告訴我，我會以為這只是一個普通的箱子，你叫什麼名字？」

「真坂拓海。」

「拓海嗎？我是……」

「您是羽根岡先生吧？是位美術工藝評論家。」

「是啊，哇！你好清楚，是八重女士跟你說的嗎？」

「我是看到雜誌上的報導，報導寫著羽根岡先生是飯店的設計總監。嗯……可以請問你一件事嗎？」

「什麼事？」

「這裡的土地已經決定要賣掉了對吧？交易的時候，是不是有欺騙八重奶奶，讓她受到損失？」

羽根定定看著拓海的臉，隨後露出了開心的笑容。

「原來你就是那個設計機關，把想欺騙八重女士的開發公司和議員趕跑的孩子。」

「是我沒錯，你怎麼會知道這件事？」

「我從北本真砂女女士那裡聽說的，她說有三個孩子利用很厲害的機關擊退黑心業者。原來，那些努力奮戰的孩子，就是之前跟我一起玩傳統玩具的你們，我真想看看那些機關。」

「我是參考你讓我們看的機關玩具，才設計出來的。」

「好令人開心！揭發壞事，並且利用機關趕跑壞人，根本就和少年偵探團一樣！」

「偵探團？」

「對啊，設計機關來打擊壞人的『機關偵探團』。你們這次的優異表現如果可以得到警察的表揚，也是很理所當然的。」

機關偵探團嗎？從沒想過要當偵探，但聽起來好像有點酷。

不自覺開心起來的拓海開始幻想，這時，羽根岡突然壓低聲音說：「真砂女女士現在正在辦理擔任八重女士法定代理人的手續，所謂法定代理人，指的是為很難獨自生活，或是無法處理日常事務的年長者提供協助的人，成為法定代理人之後，就可以代替當事人管理財產。八重女士需要一個在身邊照顧她的人，所以，便請了值得信賴的真砂女女士擔任她的法定代理人，辦理法定代理人的手續需要一些時間，但真砂女女士和八重女士已經開始針對未來進行討論。」

「八重奶奶的未來？」

「首先，要選一個正派經營的房屋仲介賣掉這塊土地。然後，半次郎先生的作品就由新蓋飯店出面購買，我計畫把他們當作大廳和客房的家具或日用品來使用。不過，也有幾家美術館提出購買的意願，所以現在正在討論，另外，在八重女士還可以照顧自己的時候，真砂女女士會暫時和她同住，剛好這附近蓋了一棟針對年長者的住宅大樓，裡頭有醫療體制相當完備的照護支援，目前正在考慮是否就讓她們在那裡過著舒適的生活。」

讓八重奶奶繼續一人獨居，確實會很辛苦，如果附近有可以每天細心照顧八重奶奶的照護人員，然後真砂女婆婆也一起同住，那就可以放心了。

「那就麻煩您了！」拓海挺直了身子，深深一鞠躬。

「不要這樣，你這麼多禮，會讓我很不自在。」

拓海抬起頭說：「除了八重奶奶的事，我還有其他的事想麻煩您，我正要開始學習機關設計，以後還要請您多多指點。」

「哈哈，沒問題！為了『機關偵探團』的未來，我隨時可以為你兩肋插刀。」說完，羽根岡發出爽朗的笑聲。

回到家後，貓店長阿九懶洋洋的躺在門口。

「我回來了。阿九，你在這裡做什麼？」

拓海想摸摸阿九，但阿九卻不悅的擺擺頭，躲開拓海的手。

「你好像不太高興，怎麼了？」

阿九彷彿帶有怨氣的朝著客廳看了一眼後，便把頭埋入往前伸出的兩隻腳之間。

莫非有什麼事讓阿九不開心？

拓海疑惑的進入客廳後，看到爸爸站在一面大型穿衣鏡前，揮動一條白色手帕。

「我回來了，你在做什麼？」

「這是真砂女女士今天教我的魔術。拓海，你看！」

爸爸揮動手帕，但沒有任何動靜。

「好奇怪，還是不行，我再做一次。嘿！怎麼會這樣？」

爸爸喊出口號後，過了好一會兒，才看到長長的萬國旗，斷斷續續從手帕中掉出來，怎麼看都只能說是個失敗的表演。

「我再試一次！」爸爸快速的摺疊散落在地上的國旗。

「爸，阿九的心情好像不太好，怎麼了嗎？」

「那傢伙妨礙我的練習，牠以為國旗是玩具，把它拿去玩，所以我把牠趕走了。」

「真可憐。」

「很可憐，對吧？」

「我是說阿九，不是爸爸，你只是需要多練習。」拓海安慰繃著一張臉的爸爸。

拓海不再理會埋頭苦練的爸爸，他回到房間，坐在書桌前。

之前，為了懲罰麻由野等人，特地設計機關道具，當時一邊想著道具會怎麼活動，一邊思考構造和原理、材料、尺寸，然後在圖面上畫線，真的非常開心，一想到機關實際活動的模樣，內心就充滿期待。

雖然羽根岡先生幫忙取了「機關偵探團」這個名字，但現在的自己還是非常笨拙，也沒有辦法獨自完成機關道具，事實上，就連紙鶴也摺不好……

外公曾經說：「沒有人一開始就很靈巧，慢慢來也沒關係，要把工作一件件仔細做好，而且，還要經常去欣賞優秀的人做出來的作品，向他們學習。也要經常思考工作的步驟，這樣就會慢慢變得熟練。」

沒錯，要一件一件仔細的做！

就連爸爸也在努力！

拓海在書桌上攤開一張摺紙，開始謹慎的摺起紙鶴。

5

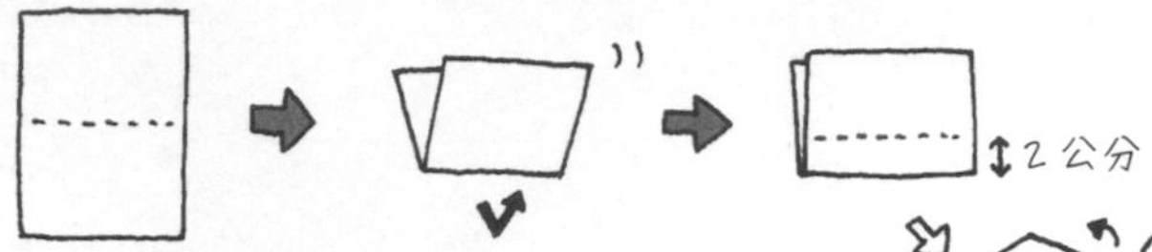

拿出另一張剪好的紙，將其對折後，
從摺線部分，再往上2公分處，摺出清楚的痕跡。

6

蝴蝶翅膀的一側
沿虛線再摺一下！
（剪出一個洞，免洗筷可以穿過的大小）

在摺好的紙上，畫出蝴蝶翅膀的側面並剪下。

再打開紙張，一隻蝴蝶就完成了！

---

7 準備將蝴蝶和免洗筷組合起來囉～

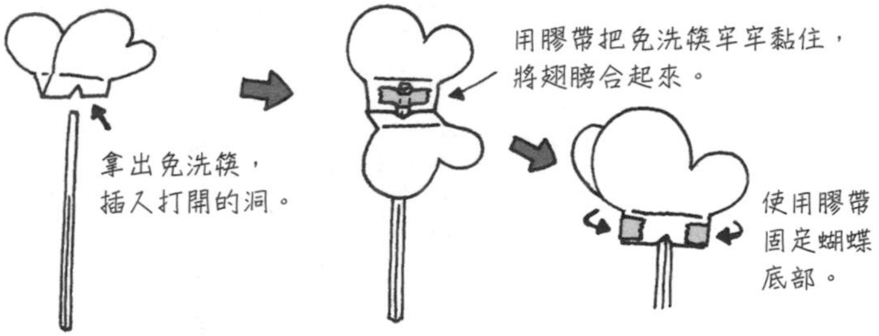

拿出免洗筷，
插入打開的洞。
用膠帶把免洗筷牢牢黏住，
將翅膀合起來。
使用膠帶
固定蝴蝶
底部。

8

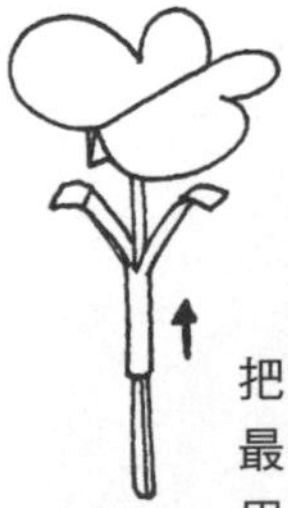

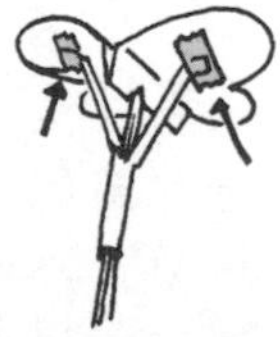

把免洗筷插入小紙筒中，
最後，將摺彎的紙筒尾端，
用膠帶固定在翅膀背面。

大功告成！

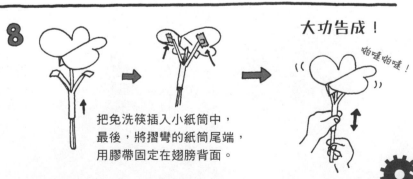

啪噠啪噠！

動手做機關

飛舞的蝴蝶

一起來動手試試看，
讓蝴蝶的翅膀拍動起來吧！

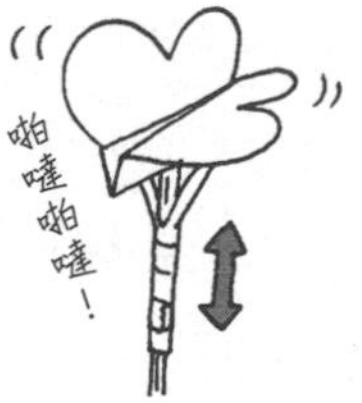

《準備材料》

- A4 紙一張
- 免洗筷一根
- 剪刀
- 膠帶

1

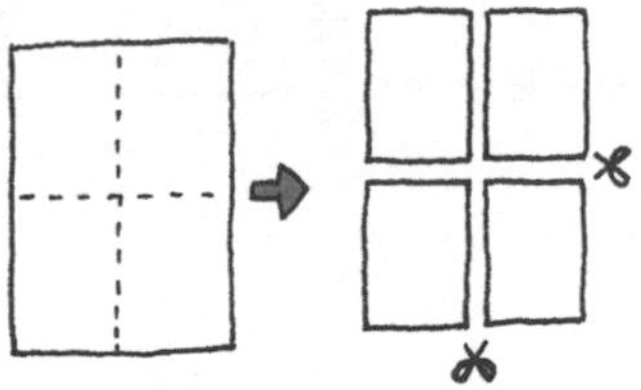

將A4紙張對折，再對折，
沿著有摺痕的虛線剪開。

2

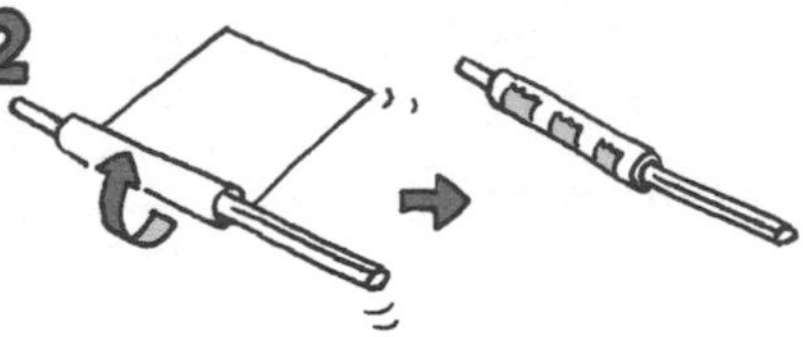

將一張剪下的紙橫放，
並用一根免洗筷將紙捲起，
捲好後用膠帶固定。

3

拔出免洗筷，會得
到一個小紙筒。

再將紙筒尾端壓扁。

用剪刀將壓扁
處剪成兩半。

4

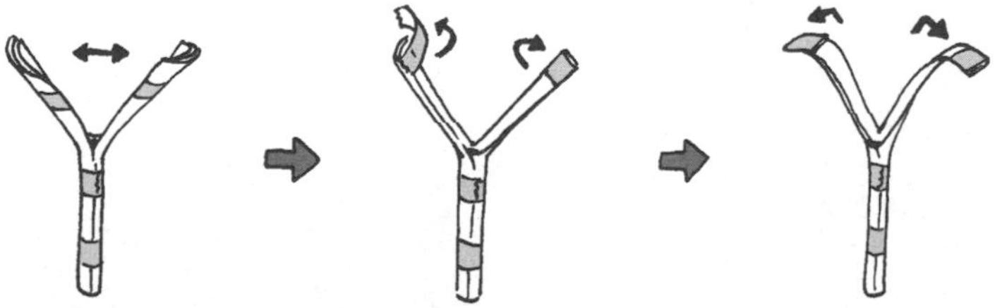

將剪開的部分
拉開。

用膠帶把散開的
尾端貼起來。

再將膠帶貼起的
部分摺彎。

4

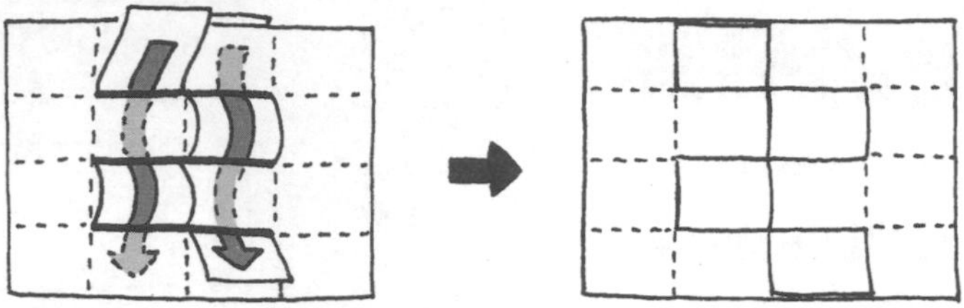

將兩張長型紙條，交錯插入第一張紙剪開的部分，如圖中粗線的地方。

5

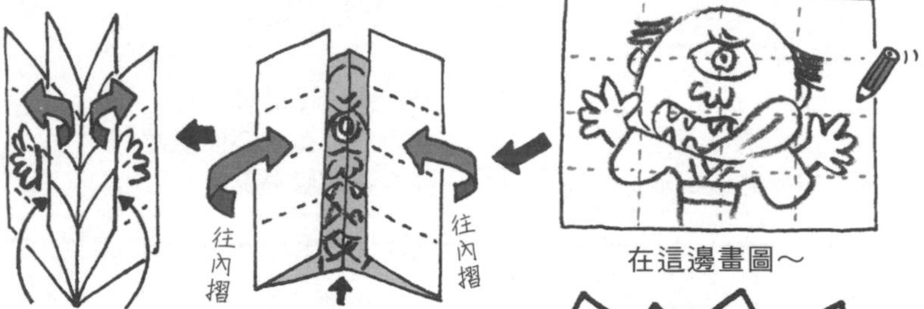

在這邊畫圖～

從這邊打開

從中間翻開

6

確認紙張為打開狀態。

在此處畫上另一個圖。

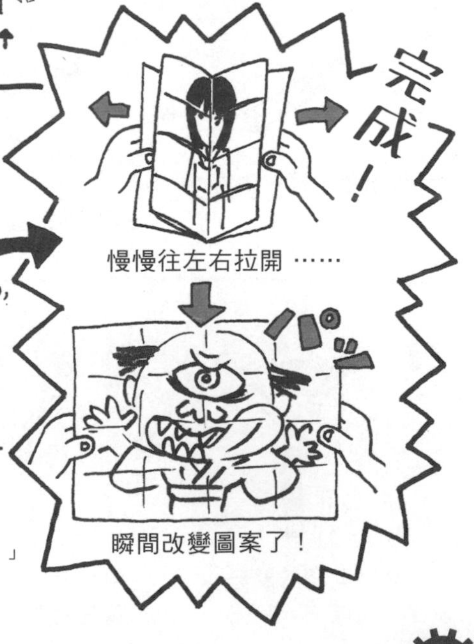

慢慢往左右拉開……

瞬間改變圖案了！

運用自己的點子，畫上喜歡的畫，繼續嘗試吧！

例 ☆「空白紙張」→「跑出圖畫了！」

☆「毛毛蟲」→「蝴蝶」

☆「枯枝」→「繁花盛開的樹」

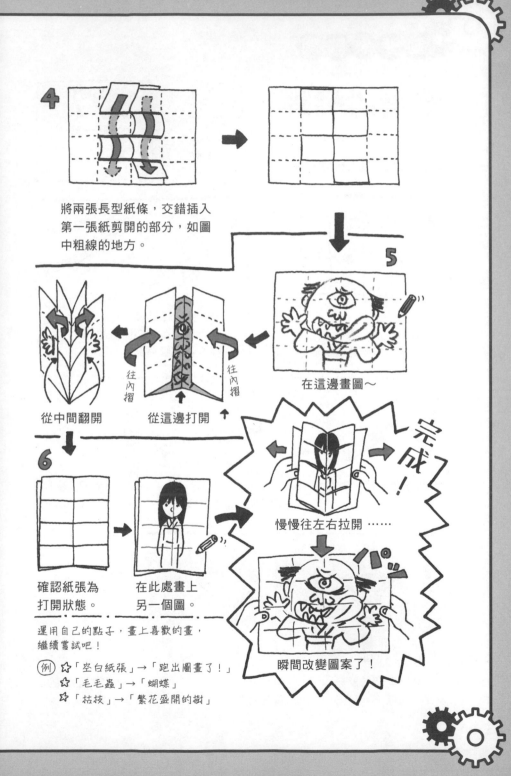

動手做機關

瞬間改變的畫

《 準備材料 》

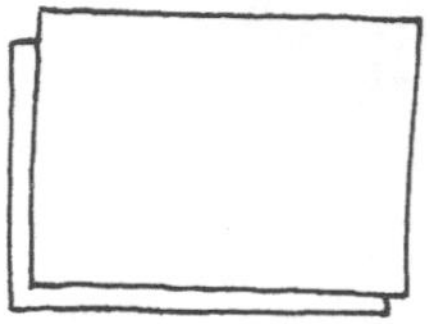

・A4 影印紙兩張
・剪刀
・畫圖的色筆

1 將紙張按照虛線對折。

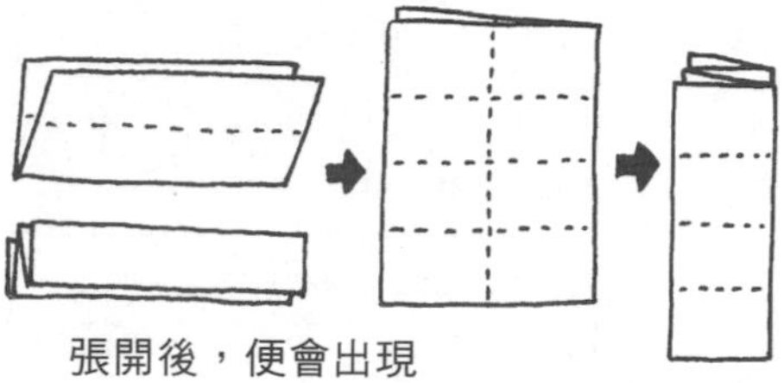

張開後，便會出現
虛線所顯示的摺痕。

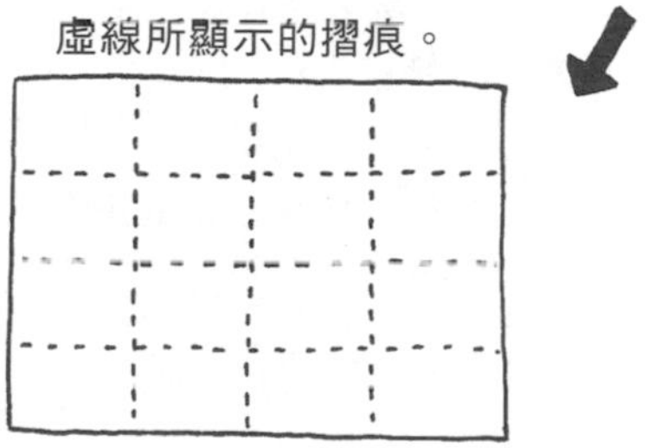

2

第一張紙

將紙橫向對折，
接著，沿圖中
粗線剪開。

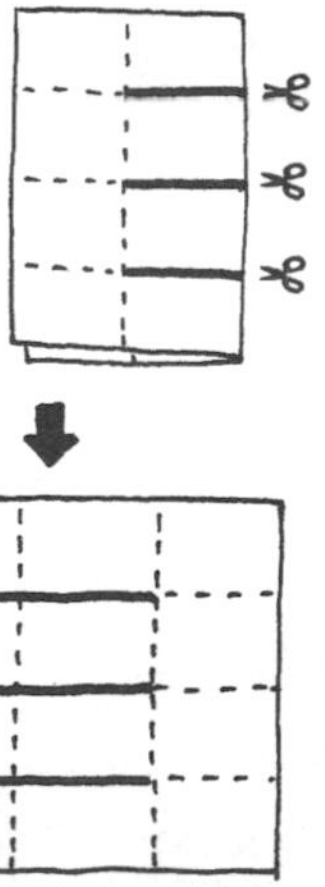

3

第二張紙

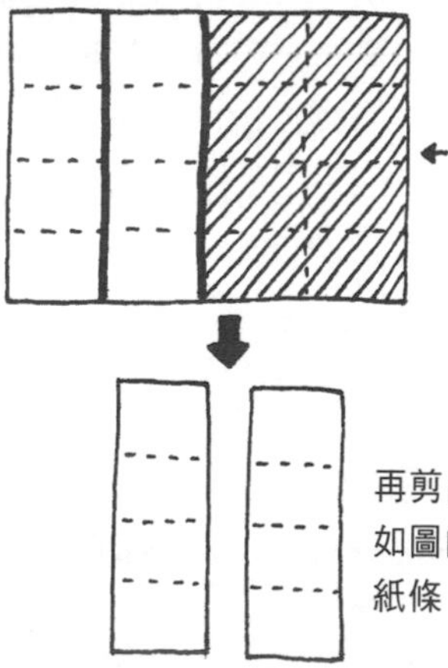

斜線的部分可剪掉。

再剪出兩條
如圖的長型
紙條。

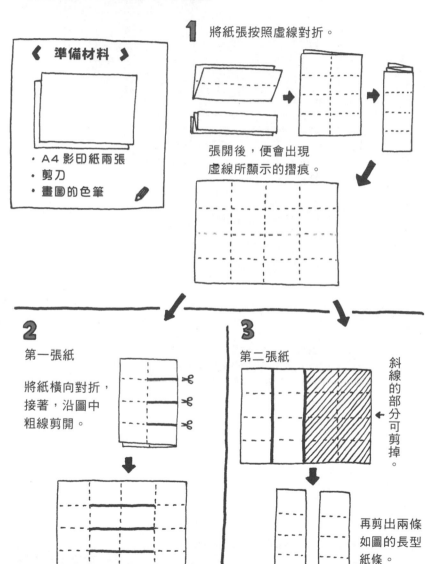

童心園 190

機關偵探團 1：送茶人偶之謎

からくり探偵団1 茶運び人形の秘密

作　　者　藤江純
繪　　者　三木謙次
譯　　者　吳怡文
總 編 輯　何玉美
責任編輯　施縈亞
封面設計　王蒲葶
內頁排版　連紫吟・曹任華

出版發行　采實文化事業股份有限公司
行銷企劃　陳佩宜・黃于庭・蔡雨庭・陳豫萱・黃安汝
業務發行　張世明・林踏欣・林坤蓉・王貞玉・張惠屏・吳冠瑩
國際版權　王俐雯・林冠妤
印務採購　曾玉霞
會計行政　王雅蕙・李韶婉・簡佩鈺
法律顧問　第一國際法律事務所　余淑杏律師
電子信箱　acme@acmebook.com.tw
采實官網　www.acmebook.com.tw
采實臉書　www.facebook.com/acmebook

I S B N　978-986-507-557-6
定　　價　300 元
初版一刷　2021 年 11 月
劃撥帳號　50148859
劃撥戶名　采實文化事業股份有限公司
104台北市中山區南京東路二段95號9樓
電話：(02)2511-9798　傳真：(02)2571-3298

國家圖書館出版品預行編目資料

機關偵探團．1：送茶人偶之謎 / 藤江純作；三木謙次繪；吳怡文譯．-- 初版．-- 臺北市：采實文化事業股份有限公司，2021.10
面；　公分．--（童心園；190）
譯自：からくり探偵団 茶運び人形の秘密
ISBN 978-986-507-557-6(平裝)
861.596　　110015244

KARAKURITANTEIDAN CHAHAKOBININGYONOHIMITSU
©Jun Fujie , ©Kenji Miki 2019
First published in Japan in (2019) by KADOKAWA CORPORATION, Tokyo.
Traditional Chinese edition copyright ©2021 by ACME Publishing Co., Ltd.
Complex Chinese translation rights arranged with KADOKAWA CORPORATION, Tokyo through Keio Cultural Enterprise Co., Ltd.

采實出版集團
ACME PUBLISHING GROUP

版權所有，未經同意不得
重製、轉載、翻印